人物传奇

周莲珊 主编

子 著

牛皮手记

山西出版传媒集团 山西教育出版社

图书在版编目（ＣＩＰ）数据

羊皮手记／范墩子著. 一太原：山西教育出版社，
2018.9（2020.6 重印）
（"一带一路"人物传奇／周莲珊主编）
ISBN 978 - 7 - 5440 - 9745 - 1

Ⅰ．①羊…　Ⅱ．①范…　Ⅲ．①长篇小说—中国—当代
Ⅳ．①I247.5

中国版本图书馆 CIP 数据核字（2017）第 315604 号

羊皮手记
YANGPI SHOUJI

出 版 人	雷俊林
选题策划	李梦燕
编辑统筹	朱 旭
责任编辑	李 磊　王 珂
复 审	李梦燕
终 审	彭琼梅
装帧设计	陈 晓
印装监制	蔡 洁

出版发行　山西出版传媒集团·山西教育出版社
　　　　　（太原市水西门街馒头巷7号　电话：0351 - 4729801　邮编：030002）
印　　装　阳谷毕升印务有限公司
开　　本　850×1168　1/32
印　　张　6
字　　数　112 千字
版　　次　2018 年 9 月第 1 版　2020 年 6 月第 4 次印刷
书　　号　ISBN 978 - 7 - 5440 - 9745 - 1
定　　价　19.00 元

《"一带一路"人物传奇》总序

周莲珊

"一带一路",指的是"丝绸之路经济带"和"21世纪海上丝绸之路"。2013年9月和10月,中共中央总书记、国家主席习近平在出访中亚和东南亚国家期间,先后提出共建"丝绸之路经济带"和"21世纪海上丝绸之路"的合作倡议,得到国际社会高度关注。

习近平同志"一带一路"倡议,旨在借用古代丝绸之路的历史符号,积极发展与沿线国家的伙伴关系,促进包括欧亚大陆在内的世界各国共同发展,构建一个互惠互利的利益、命运和责任共同体。

加强合作,建设更加美好的未来,意味着我们不仅要开拓思路,积极顺应世界发展的潮流,更应该向历史学习,吸收其中的营养,汲取经验和力量,为未来的发展注入新鲜活力。

2013年以来,中国图书市场上关于"一带一路"的图书选题就已层出不穷,总体看下来,大多都是学术研究型、理论型和史料型的图书。经过对图书市场关于"一带一路"选题持续一年多的调查分析,我们深深感到,有必要为我们的普通读者,尤其是广大的青少年读者，以及数百万的中小学老师和家长，策划、出版一套表现中华民族开拓"丝绸之路"这个伟大主题的、用文学的形式来诠释"一带一路"倡议思想精华的图书。

我们将目光聚焦在长篇小说这一领域。小说属于文学创作，可以把历史梳理得更透彻，把历史人物写得更生动，把历史故事讲述得更动听，把中国文学的语言美发挥得更淋漓尽致。这样，创作出来的作品，会更利于读者接受和理解，更利于我们传播"一带一路"倡议，激发读者更多的自豪感！我们的思路是这样的：以史为基，又不囿于历史，在史实的基础上，进行适度的文学创作，用优美的文字，结合环环相扣的动人的故事情节，塑造栩栩如生的人物形象，将在丝绸之路上做出过杰出贡献的人物，用长篇小说的形式表现出来，既普及相关历史知识，又增强可读性，给读者以文学的滋养。

思路清晰之后，经过与出版社的沟通，首先，我们从"陆上丝绸之路"和"海上丝绸之路"的相关历史人物中挖掘、筛选，确定了十位代表人物；其次，我们围绕着这十位代表人物，放眼国内作家，确定了十位中青年作家执笔，共同创作这套系列丛书。

我们这套书的写作，约请的都是活跃在当代中国文坛的中青年作家——

《西域使者》分册，由辽宁省文化艺术研究院作家编剧李铭执笔。他的多部小说作品获辽宁省文学奖、《鸭绿江》年度小说奖等。

《羊皮手记》分册，由"90后"作家范墩子执笔。他是陕西文学院签约作家，鲁迅文学院第32届作家高级研修班、西北大学作家班学员。

《智取真经》分册，由本名金波的若金之波执笔。他2014年起转型从事儿童文学创作，《妈妈的眼泪像河流》等四部图书获2009年度冰心儿童图书奖。

《妙笔丹青》分册，由辽宁省作家协会第十届签约作家叶雪松执笔。他是鲁迅文学院第二十届少数民族作家班学员。

《丝路女神》分册，由福建省作家协会会员慕榕执笔。他是中国寓言文学研究会会员，现供职于福建少年儿童出版社。

《丝路奇侠》作者周莲珊，儿童文学作家，图书策划人。多部作品获冰心儿童文学奖、"中日友好儿童文学奖"一等奖等。策划的图书曾荣获冰心图书奖和2012年辽宁省"五个一"工程奖等。

《楼兰楼兰》分册，由军旅作家张曙光执笔。他现任职于武警总部政治工作部《人民武警报》社。

《跨海巡洋》分册，由全国十佳教师作家陈华清执笔。她是广东省作家协会会员，中国散文学会会员，湛江市作家协会副主席。

《圣殿之路》分册，由中国作家协会会员赵华执笔。他是中国科普作家协会会员，鲁迅文学院第六届高研班学员。曾获全国优秀儿童文学奖、华语科幻星云奖、冰心儿童新作奖等多个奖项。

《盛唐诗仙》分册，由蒙古族儿童文学作家贾月珍执笔。她是鲁迅文学院第12期少数民族作家班学员，曾获第十一届索龙嘎文学奖（内蒙古自治区最高文学奖）。

确定了人物，找好了作者，要写好这个系列的书稿，创作难度依然非常之大。每一本书，每一个人物，每一个章节，每一个故事……主编、作者、编辑，来来回回，反反复复，推敲，修改，研磨，追寻创作素材，深挖历史人物背后的故事。过程中的艰辛，历历在目。

终于，丛书成稿。

无论主编、作者还是编者，我们共同的目标，就是给读者以更丰富的精神食粮，让读者通过生动优美的文字、扣人心弦的故事、启迪人心的人物，获得全新的视角，得到更加丰富的阅读体验，进而增强民族自豪感，以更饱满的热情进行我们的国家建设。

在创作过程中，每位作者都研究、阅读了大量国际、国内有关历史研究，并参考了海量的相关图书和资料。但百密一疏，即使这样，书中难免出现这样或者那样的不足或错误，恳请读者在阅读过程中，发现错误，批评指正。

主编：周莲珊，儿童文学作家，儿童图书策划人。多部作品获冰心儿童文学奖、"中日友好儿童文学奖"一等奖。策划、主编的图书曾荣获冰心图书奖和2012年辽宁省"五个一"工程奖等。出版长篇小说三十多部，童话集、儿童绘本、长篇励志版名人传记等多部。

目 录

引　子

　　这不是关于羊皮的故事。羊皮的出现，完全是偶然。那是个漫长的夏日，我先是坐了一天一夜的火车抵达西安，然后又从西安转坐大巴，大概在路上颠簸了两个多小时，才总算到了我们那个偏远的小村子。过去我读中学时，每次回家，爷爷总会来接我，偶尔父母也会来。我读大学一年级的时候，爷爷去世了，往后再回家时，父母也很少来接了。他们肯定觉得，我已经长大成人了，像这些事情已经用不着他们操心了。

　　其实我也不愿意他们老两口总在村口等我，毕竟年纪大了，站的时间长了，我难免会担心。但这次刚到村口，见巷子里空荡荡的，一个人都没有，偶尔能听到几声狗吠，也不知怎的，我心里感到空落落的，就像缺了些什么东西一样。两边挺拔的槐树在劲风的呼啸下，发出一阵像鬼怪似的叫声，使我愈发感到恐慌，似乎我来到了一个陌生而遥远的地方。我该往哪里走？一时间，想到这些，我不由得止住步，停在原地静默了片刻。

　　母亲一个人在家，她告诉我父亲正在地里给果树打药。我看了看悬在天上的太阳，想想这么多年过去了，父亲还是一点都没变，他总是长年待在地里侍弄他那一亩多的苹果园子，果园跟前的泥屋就是他与历史不断抗争的见证。母亲见我回来，明显很喜悦，她迈着细碎的步子，进进出出，一会儿给我端进来一盘梨，一会儿又进来问我中午想吃点什么。母亲问清楚后，见我翻起了书，便进厨房做饭去了。厨房里不时飘出母亲的哼唱声。

　　翻了会儿我带回来的几本考古学专著，实在感到枯燥无聊，我便起身走了走，仍无法排解心里的空寂，于是就移步到了院子。上房是父亲新盖的，厢房是爷爷过去住过的老屋，还是在旧社会里用泥坯砌下的，它和上房处在一个院落，显得很是突兀。在羽绒般细密的阳光里，它竟激起了我的某种兴趣，或许这也是搞考古研究的职业习惯在潜意识里作祟。我走到老屋跟前，那扇木门上面满是歪扭的字迹，母亲告诉过我这些字迹都是我小时候用小刀刻下的。

　　我刚推开门，一股陈旧的发霉气息就朝我扑来，将我顿时冲入一个早已被人遗忘了的世界里。屋内被父母收拾过了，现在倒成了家里那些不常用的杂物的聚集地。有那么一瞬间，我莫名地感到，似乎在我刚刚推门进来之前，里面的石磨、墨斗、铁犁、木板、旧书、箩筐、木轮车等物件正在进行着激烈的交流。它们被时代丢弃在了这里，但同时它们也获得了新生，成了一群有生命的活物，它们讲着自己的语言，彼此倾听着对方那些已经被岁月打磨得陈旧发黄了的故事。

　　所有的对话在我推门而入的那一刻全部停息，它们像武士那样站回原来的位置。我的出现，像是一只突然闯入新大陆的鸟儿，它们全部用惊讶的眼神瞪着我，尽管我看不见它们的眼睛，但我完全感受得到。我立在它们中间，惶惶然不知所措。屋内很昏暗，光线从窗户的缝隙中挤进来，在房间的地面上形成大大小小的光斑和图案。我来回走了几步，屋内隐约还能看到爷爷当年居住时的面貌，但也是极其模糊不清的，甚至还有点儿缥缈。

　　墙上糊着的报纸也被时光洗刷得尽显老态，发黄的字迹仍在向我展示着它们过去的那个时代与历史。从内心来说，我是有些许激动的，目前我正在读研究生，主攻的方向就是历史考古学，现在放置在屋内的老物件自然能够让我产生一种久违了的原始激动。我吹了吹落在柜子上的灰尘，用手轻轻地抚摸着，那种感觉，仿佛回到了童年：爷爷正躺在炕上，我则蹲在院子里玩着自己的游戏，一切是那么宁静，那么熟悉……我的眼睛不禁湿润了。

　　我还是在那个被我再三抚摸的柜子里发现了惊喜。事情是这样的：柜子只是用铁钩扣着，并没有上锁，我便随手缓缓将它打开，柜子里散发出的气味很难闻，那是一种微微有些发霉的味道，内部似乎藏匿着许多的故事。柜子里齐齐整整地叠放着爷爷的旧衣服，有三件旧褂子和一件浅蓝色长袍。爷爷可能很少穿袍子，所以这件袍子现在看起来还像是新的，未曾被穿过的样子。从几件衣服留存的状况可以看出，爷爷生前是一个很爱干净的人，而我也正是在这叠衣服里发现了惊喜—— 一个记满文字的羊皮本子。

本子用一张结实的羊皮紧紧地包裹着，内部的纸张大概有一百多页，上面密密麻麻地写满了字迹。本子是用针线装订的，现在仍能看到当初装订的痕迹。本子的纸张很薄软，如果我没认错的话，应该是宣纸。我将本子翻了好几遍，心情越发激动起来：我发现里面记录的内容，竟然正是我所感兴趣的，大致和一位传教士有关。我赶紧又将柜子翻了几遍，甚至连爷爷的衣服都倒了出来，但除了这个本子之外，并没有其他的东西了。

我又在那个放置着旧书的木箱子里翻了翻，发现里面大多是一些旧社会的革命书籍，现在来看，它们或许已经成了古董，却丝毫不能引起我的兴趣。勾起我强烈好奇心的，还是这个记满文字的笔记本，我想我应该将它好好研究一番，说不定还会破解一些我们家族的奥秘呢。怀着这种心情，我将那个本子紧紧地贴在我的胸口，用双手捂着，然后无比肃穆地朝着屋子中央的位置鞠了几躬，大意也是想对远在天堂里的爷爷问一声好。屋内静极了。

我敢肯定这个本子正是爷爷的遗物，如果这些文字全是爷

005

爷写下的，他会记些什么内容呢？什么东西会让他曾经如此着迷？我可从未听父亲说过爷爷曾经是个知识分子啊。要知道，我爷爷可是在他四十几岁的时候，患上了一种很奇怪的病，精神上突然就痴呆了，什么都糊涂了，有关他的前半生我从未听父亲给我讲过。想想这些，我的好奇心再次被吊了起来，我忽然特别想知道关于爷爷的一切，甚至包括他生活的小细节。

关于这一切，我的父亲，也许是唯一的突破口。母亲的了解肯定是片面的，所以等父亲从地里打药回来后，我要立即问他个水落石出，弄清这密云笼罩下的真实的历史背面。这对此刻的我而言，无比重要，虽然我的发现只是偶然的，但这个偶然的发现，现在将我与我的家族历史紧紧地连接了起来。我想，在我未能了解这个笔记本的背景之前，我还不能够仔细翻看这个本子，这种仪式感，现在竟渐渐转变为一种极其严肃的道德意识。

晌午一点半的时候，母亲去果园里将父亲叫了回来。母亲一走进院子，就埋怨地说："我以为你住在地里啦，不吃饭啦？"父亲跟在母亲的后面走了进来，见我在院子里站着，脸上顿时浮上笑容。他走到我的跟前，看着我说："回来啦，回来了好呀！"他又一连说了好几遍"回来了好呀"，我也冲着父亲笑，手里拿着的那个本子，这会儿，父亲还没有发现。我看到父亲的上衣几乎全被药水浸透了，他缓缓地将喷雾器放在地上，然后站在原地看我。"回来了好呀！"父亲又一次说道。

等他收拾停当，和我一起坐在院子里吃饭的时候，我禁不住问起了他："爸，我爷爷的事你可清楚？"我问父亲的时候，他正要将一口面送进嘴里。他突然抬起头，用一种捉摸不透的眼神定定地望着我。他半天不说话，我就有些着急，接着问："爸？怎么了？"父亲这次终于慢腾腾地说："别提了，那些事儿，都过去了。"他低下头继续吃面。"没有过去，你看看这个本子，不就是证据嘛。"我说。

"你在哪儿找到的？"父亲的表情变得严肃起来。"爷爷的木柜子里。"我回答道。"噢。"从父亲的语气里，明显能感觉到他对我擅自翻爷爷柜子的行为有些不满。"你想知道什么？"父亲问。我看着他那突然阴沉下来的脸，心里有些发慌，低声说："我就是想知道关于这个本子的情况。"父亲没回答我，而是连续往嘴里送了几口面，他吸溜的声音很响，我也忍不住地吃了几大口面。

过了一会儿，父亲抬起头看着院中央青翠的竹子，缓缓说道："既然你想知道，那我就告诉你吧，只是你万不可告诉别人，这是我们自家的事，连你妈我都没给说过。"母亲在厨房里听到这话，立即抬高声音喊道："啥事呀还瞒着我？"父亲说："吃你的面！"母亲再没有说什么，我笑了。父亲继续对我说："你爷爷的事情，我本来想带进墓里的，既然你如此想知道，那我就统统告诉你吧，你先吃饭，吃完了再说也不迟。"

我实在无法抑制住内心的激动，几大口就吃完了碗里的面，那顿饭是我吃过的为数不多但令我印象深刻的一顿。我在吃面的同时，脑袋里还设想着种种关于爷爷的这个本子的故事，是爷爷曾经记下的日记，还是爷爷曾写给某人的信笺？种种的可能与未知，让我这个专门攻读考古学的研究生着迷不已。我期待父亲能给我多讲述些爷爷的过去，如果我能够从这些内容里挖掘出更多的元素，或许我就更能看清那个时代。

这是我作为一名历史考古学硕士的私欲，我想父亲应该不会隐瞒我什么，毕竟我是他唯一的儿子。吃完饭后，我等着父亲叫我到上房里给我讲，不想他先带我来到爷爷住过的那间屋子里。父亲在爷爷的遗像跟前立住，闷声说了句"给你爷磕头。"便猛然跪倒在地上，我也连忙跟着跪下来，和父亲一起重重地磕了三个响头。礼毕，父亲说："你爷是我们祖上唯一的知识分子，好在你现在读上研究生了，你爷若在天上看见，不知道多高兴哩。"

父亲这才和我一起进了上房，他关了门，我俩在凳子上分别坐了下来。刚一坐下，我就听见母亲在院子里喊了句："神神叨叨的，谁家大白天的关门哩？"我看了一眼父亲，父亲并没有回应母亲。我将那个本子交给父亲，他抚摸着封皮，说道："就是你爷的本子，这个封皮是他用羊皮做的，你爷爱书，也爱研究，他身上的故事要说出来，还真像是一出传奇。"父亲这么一说，更加让我期待接下来的内容了。

父亲说："你爷年轻时是个私塾先生，教过好几年的书，四里八乡的，名声很好，后来也不知读了什么书，突然宣称要当一名基督徒。你想想，在当时那个年代，中国有几个信基督的？所以大家一致认为他精神出了问题，学生们全部退学了，他就此失业回了家。"父亲说到这里，顿了顿，仿佛思绪已完全沉浸在那个年代了，"那时候啊，我才一岁，我现在给你讲的，都是你奶当年偷偷给我说的。"

"后来呢？"我急于知道后面的事情，赶紧问道。父亲不紧不慢地说："后来啊，据你奶当年说，你爷痴迷上了一个明代的基督徒。""是谁啊？"我问。"好像叫利玛什窦的，据说是个外国人，后来死在了中国。"父亲这么一说，我的好奇心再次被激了起来。在那个年代，我爷爷竟然痴迷上一个外国人，想想真是件不可思议的事情。从这个角度来讲，我觉得我爷爷绝非凡人，他与这个外国人必然产生过某些不为人知的牵连。

"这个人是干啥的？"我问道。父亲突然笑了，说："你一个搞考古的人，都不知道？"我感到极不好意思，脸蓦地红了。趁着父亲停顿的间隙，我连忙打开手机百度了一下，百度给出的介绍是："利玛窦，意大利的天主教耶稣会传教士、学者。明朝万历年间来到中国传教。王应麟所撰《利子碑记》上说：'万历庚辰（1580年）有泰西儒士利玛窦，号西泰，友辈数人，航海九万里，观光中国。'利玛窦是天主教在中国传教的最早开拓者之一，也是第一位阅读中国文学并对中国典籍进行钻研的西方学者。"

　　这样一个在中国历史上产生过如此重大影响的人，我这个搞历史考古的竟然不知道，我突然为我本科阶段没能好好听讲而感到羞愧。爷爷怎么会痴迷上这个人？这个本子里记录的内容会不会和这个名叫利玛窦的人有关？如果和这个人有关，爷爷到底痴迷这个人什么？这个人对爷爷产生过怎样的影响？在我百度到利玛窦这个人后，一系列的问题立即像漫天的雪花一样飘落进我的脑袋里。简单浏览了这个人的简介后，我将手机收了起来，看到父亲正在翻看爷爷的那个小本子。

　　父亲的目光显得有些沉醉。"你爷当年痴迷利玛什么窦的程度，真是难以想象的，"父亲一边翻着羊皮本子，一边说道，"为了这个事情，当年你奶差点和你爷离了婚，你想想呀，你爷迷到了什么程度！"我对利玛窦与爷爷的故事愈发好奇，爷爷究竟迷上了利玛窦的什么？"那些年，你爷几乎不出门，整日埋在屋子里研究这个利玛什么窦，他还画了各种地图和路线。你看看，这个本子里就有一张。"

　　父亲将羊皮本子翻开展示给我看，确实是一幅手绘的路线图，上面标明了中国、意大利、印度等各个国家的名称。因为时间久了，图已经有些模糊，但依稀能够看出爷爷硬朗的笔迹，显然他经过了长时间的研究，不然怎会画得如此逼真？"这是什么图？"我大惑不解。"可能和利玛什么窦这个人有关吧，或许是他一生的行程路线图，也不是没有可能。"父亲说。"行程路线？""他是外国人嘛，到中国来了。"父亲指着图说。"对啊，我懂了，肯定是他从意大利到中国的路线图。"我兴奋地说。

爷爷为何要画下利玛窦一生的路线图？莫非他想沿着这条路线去意大利？种种的迹象和疑问，让事件本身越发扑朔迷离起来。"爸，那你说，爷爷在本子里记的都是些什么？"我看着父亲如是问道。父亲用手抚摸着裹着本子的那张羊皮，指尖轻轻地从羊皮上划过，似乎此时此刻他又看到了我的爷爷。父亲眼睛里隐约闪着泪光，听到我的提问，他揉了揉眼睛，轻声说道："或许都和这个利玛什么窦有关吧。"

在某个模糊而又短暂的时刻里，我仿佛猛地被赋予了某种神圣的使命，这种使命在心里数次发酵后，便形成了响亮而又清晰的声音：通篇研究爷爷遗留下来的这个羊皮小本子，看看爷爷究竟痴迷这个利玛窦什么。父亲在反复抚摸了羊皮本子后，极其庄重地将本子递给了我，像是在完成着某种肃穆的仪式。我接过本子，又抬头看了看父亲，他的眼泪正划过他布满皱纹的面孔，与此同时，刚才那个从我心里猛然蹦出的想法，愈加活跃了。

当天夜里，我趴在老屋的火炕上，将爷爷留下的这本《羊皮手记》（请允许我如此称呼）翻开，从第一页逐字逐句阅读到最后一页，其间，我数次被震撼得忍不住张大嘴巴。爷爷这样一位生活在旧社会里的老农，不仅对利玛窦有着精深的研究，还将他的一生分章节记述了下来。爷爷的描述很细致，只是字迹已有些模糊了。我从天黑一直读到天明，又从天明读到天黑。利玛窦的面容、生活轨迹、交友情况等方方面面，随着爷爷讲述的深入，逐渐在我面前清晰了起来。

第一章

≈

汉字！汉字！

话说明弘治年间，哥伦布四渡大西洋发现新大陆后，全球格局重新洗牌，之前备受外来宗教欺压的西班牙、葡萄牙，于斗争中激发出强烈的民族情感，他们把天主教作为精神动力，不断将根须扎向外围，迅速形成庞大的网状殖民结构，终如闪耀的星辰一般划入银河中央。其时，明王朝正奉闭关锁国之策，极少与外界往来，如此方针恰与西班牙和葡萄牙的扩张之态势背道而驰，但因明国力兴盛，并未与西班牙和葡萄牙交战，宗教交流从未中断。

明嘉靖三十二年（1553年），在一片蔚蓝深邃的海面上，一支傲气逼人的船队渐渐向澳门方向靠拢。船只的甲板上站满了人，尽管海上的雾气很浓，很多人还是朝着遥远而模糊的海岸线不停地挥手，有的人还将戴在头上的帽子抛向天空。他们采取各种仪式来表达此刻内心的欣喜，面前这个盛名于世的国度，正是他们朝思暮想之地，如今他们终于驶着船只，载着他们遥远的梦，来到了这片土地。

眼看着船只距离澳门港口越来越近，所有的人在激动的同时，也都隐隐有些担忧。该以什么名义登陆澳门？对他们而言，尽管自己的国家已在全球范围内占据了大量的殖民地，可中国自古就傲立于东方，若此次以不义之名强登澳门，一下惹怒了大明王朝可怎么办？船上众人皆为此事而发愁，他们深棕色的眼球中布满了淡淡忧愁。在雾蒙蒙的海面上，在海水不断冲撞船体的响声中，在空茫茫的天地间，他们渐渐地逼近了澳门。

"我们不如将船上的货物用海水浸湿，下船后就对当地的中国官员言说我们是来自葡萄牙的商人，沿途经过此地时，恰逢恶劣天气，货物被海水浸湿，希望能在此晾晒几日，然后借用这个理由，长期留居在中国，您觉得怎么样？"头船上的一位船员向船长如是建议道。这位船长一听，顿时眉头舒展开来，高兴得连连夸赞这位船员。他立即向所有船只发出命令，让众人赶紧将船上的货物用海水浸湿，以便能顺利、快速地登陆这块他们渴盼已久的土地。

靠岸后，众人被当地秀美的环境感染之余，不禁直呼此次航行非同寻常，必然能够给他们的国家带来巨大的经济财富。然而实况却并非他们所想的那么简单，正当他们陶醉于海滩附近的秀丽风光时，一群中国官兵已从四面八方涌来，死死地将他们包围在了中间。那船长见势不妙，立即命众人举起双手，嘴里还不停地说着他们国家的语言。中国官兵根本听不懂他在说什么，只是对眼前这群穿着奇异服装的外来人，好奇地上盯下看。

那船长意识到语言不通，心中焦急万分，他突然想起刚才船员的建议，于是便用手臂比画着货物被海水浸湿的动作。见中国当地官兵并无丝毫反应，他又将身上带着的从印度殖民地掠来的几块黄金掏了出来，只见官兵之中立即走出一位头戴官帽、穿着有别于众人的人。那船长猜来者或许正是当地的头目，便将黄金双手奉上。官员喜上眉梢，将黄金拿在手中再三抚摸，他想这些人势单力薄，在澳门居住应该也不会出什么乱子，再者，或许这些人日后还可以给他进贡更多的黄金，何乐而不为呢？

于是，官员抬头看了看眼前这群长相有些野蛮的外来人，说："让他们暂且留在澳门吧。"说毕，那官员就带着所有的官兵离开了。这群远从千里之外而来的葡萄牙人就这样首次登上了中国地界，要知道登上中国可是他们多年来的梦想，他们老早就听闻遥远的东方有一个古老的国家，那里地大物博，文化源远流长，而如今他们竟真的登上了这块他们梦寐以求的土地。从此，这群人就在当地开展起各种贸易活动，渐渐地居住在了澳门。

之后，意大利人罗明坚随葡商船只来中国传教。他瘦削的脸颊上方是一双睿智的眼睛，深邃的目光中闪动着智慧的光芒——的确，他在意大利时，为了取得教士职位，曾深入学习过哲学、神学和法学。他抵达澳门后，不久便发现语言成为他与中国文化交流的最大障碍，同时他也发现中国文化的精深与魅力，完全不落后于他们的西方文化，于是便想着要尽快学会汉语，以便在不断学习中国文化的基础上，更好地传播西方所信奉的天主教。

罗明坚很快就体会到学习汉语的艰难。在此前，与中国人做买卖的葡萄牙人住在澳门，他们平日的贸易交流，基本都是雇佣一些人来代做翻译。所以对于罗明坚而言，几乎很难找到能够直接教授他汉语的老师，即便有中国人愿意教他，可也只会说汉语而不懂葡语。一时间，这竟成了摆在罗明坚面前的最大难题，也是令他最为棘手的一件事情，要知道，在中国生活，若不懂得汉语，那种滋味真就如同瞎子摸象一样。

该如何解决这个困难？罗明坚一连好些天都吃不好、睡不好，更无心游览澳门境内的风景名胜。思前想后，最后，他不得不采用在他看来是最为笨拙的办法，即通过绘画的方式来学习汉语。怎么讲？比如说，那被他用高酬金聘请而来的澳门本地汉语老师，若要教授他"马"这个词在汉语里如何说、如何写时，就不得不先在地上画下一匹象征意义的马，尔后在马的下面标注出意为马的汉字。然而时间一久，罗明坚发现这并非一个好办法，因为通过这种笨办法，只能学到一些个别的汉字，更别提如何去理解博大精深的中国汉语文化了。

经过一段时间的观察后，罗明坚发现，要想学好汉语这种古老的文字，就必须每天加强听、读、写的训练，于是一有时间他就往集市上跑。他立于街道上，反复听当地人之间的对话交流，可他很快又发现本地人存在口音问题。一系列困难的产生，让罗明坚在好长一段时间里绝望至极，他不禁感叹道："如今我才理解，这明王朝为何不与外来交流，仅这汉语就能自成体系，且具有独特的魅力。汉字的组成结构形似世间的万事万物，完全是一种智慧的象形文字，学习起来，难度是要远远超过西方语言的，可以说，汉字简直就是上天赐予中国人的一种通神性的介质。"

罗明坚并没有轻易放弃，他不断提醒自己必须尽快融入到中国文化当中，不仅仅是语言的问题，还包括生活方式、习俗、穿着等各个方面。因为在他看来，古老的中国，能够屹立于世界数千年而不倒，这其中必然存在高级的文明，值得他花很长的时间去学习，哪怕是花一辈子的精力他也愿意。再说，他来中国的使命就是适应中国人的生活方式，用西方的普世价值，在更深层次上影响这个雄踞于东方的国家。

每当夜晚来临，深沉的暮色渐渐将人间覆盖，整个大地都进入到浪漫而静谧的梦乡里。这时，罗明坚在奔忙了一整天后，总算能够有时间静坐下来，翻开从澳门书摊上买来的各种汉文典籍，其中包括四书五经，甚至还有一些国画、书法等艺术作品。昏黄的灯光下，他借着微弱的、还有些闪烁的光线，缓缓翻开书本，尽管以他目前的汉字水平，还不能够读懂这些书，但他还是综合白天所听到的话语，对着书本，一点一点琢磨其中的意思。

几年下来，罗明坚的汉语水平有了明显提升，日常的一些交流，他已完全可以应付，这样一来，他学习汉语的自信心也就被激发了出来。他的生活变得更有规律，如何讲？也就是说，除去一些必须要处理的事务之外，他将所有的精力和时间都投入到汉语的学习当中。这种枯燥寂寞的生活，他竟然在其中寻找到了巨大的乐趣，"没想到汉字的寓意如此丰富，一个普通的词语，竟然能够表达几种不同的意思，真是不可思议!"

有了汉语的基础，罗明坚觉得自己也就具备了传教的能力，他想，目前最迫切的事情就是在澳门本地建立一座传教所，一来可以方便自己的传教事业，二来可以作为根据地，以便日后能依托该传教所向大陆内部辐射。想到未来的传教能向内陆延伸，甚至有朝一日能够抵达北京宫廷内进行传教，他就情不自禁地拿着一本中国古书在屋内转了起来。他在内心默默祈祷，希望未来的日子能够顺利些，可千万别出什么岔子。

传教所在澳门耶稣会院旁边落成时，天气很好，风柔和地拂过大地，刻有"传教所"三个汉文大字的牌匾醒目而有力。传教所门口围观了很多来看热闹的当地人，对他们来说，这么多穿着古怪服装的外国人聚集在这里，言说他们要传授西方经文，确实是件很稀奇的事情。罗明坚站在门口，眼睛紧紧盯着"传教所"三个大字，表情肃穆，他能够隐隐感受到自己那神圣的使命。如果有朝一日，北京城里能有这样一所学校，那该多好，他想。

罗明坚的眼眶里充盈着晶莹的泪珠。他突然想起了中国古人屈子说过的一句话："路漫漫其修远兮，吾将上下而求索。"也不知道为什么，一股热流反复在他心中涌动起来，他眼睛酸酸的，来澳门这么久了，自己现在才初步学会了汉语，还尚未进入过内地，传教事业未来会如何？会碰到种种阻挠吗？屈子的话说得好啊，自己现在的境遇就和屈子当年的境遇极其相似，中国人会广泛接受他带来的天主教吗？他心里涌现出了许多问题。

待为数不多的几个前来祝贺及众多前来看热闹的当地人离散之后，罗明坚关上了传教所的大门。他一个人漫步在空荡荡的院落里，思考了诸多的问题，比如该通过什么方式进入中国内地传教？在目前这种丝毫没有传教根基的情况下，是否需要让教会再派一位助手来协助他开展工作？另外一个极其重要的问题就是，身处澳门对他练习汉语不利，他更需要的是学习中国本土的官话，这就坚定了他无论如何也得想方设法进入中国内地的决心。

但从实际情况来看，目前进入中国内地的可能性微乎其微，因为中国禁止外国人进入内地。为什么会禁止外国人进入中国大陆内部呢？罗明坚百思不得其解，他翻阅了很多书籍，又查阅了大量的资料，仍是无从知晓，最后还是从一位当地人口中大概了解了一些："以前有一位葡萄牙的神父，在广东生活期间，将一位愿意皈依基督教的青年人直接从广东带走了，从而在广东的官吏及神父之间引起了轩然大波，后来广东的一位高级官员发出告示，禁止神父进入内地……"

在如此艰险的环境下，罗明坚还是按照上司的旨意几次与葡萄牙商人同行，到距澳门不远的、大约七十公里外的广州。到那之后，罗明坚发现，葡商的买卖只能在船上做，任何葡萄牙人都不准上岸。他和同行的葡商在那里逗留了三个月的时间，不得不在船上起居，这时候他更加意识到在中国内地传教的困难，更别说前往北京城了，同时他也意识到一个人力量的薄弱，于是立即向意大利耶稣会写了封信，表明了他目前遇到的困难和自己的想法。

回到澳门后，罗明坚就一直焦急地等待着耶稣会的回信。这一段时间，算是他人生中比较迷茫的时期，他完全将自己封闭在传教所内，白天开展简单的传教活动，夜里则继续阅读中国的文化书籍。他甚至患上了严重的失眠症，每当他读罢书躺在床上后，脑袋里总会涌入一些未来传教的场景，搅得他心神不宁。往往在凌晨的时候，他还一个人孤寂地躺在床上，看着悬于天上的明月，无法安然入睡。

等睡着了，梦便一个接着一个地来了，有时他一晚就要做一连串的梦，等他睡醒后在床上坐起来，却无法想起刚才梦到的内容。他孤独极了，盼望着教会能够将他的好友利玛窦派来，那是他的同学，也是一生的朋友。他在寄给教会的信中已经表达了邀利玛窦前来协助他工作的想法，他相信教会定然会同意的，毕竟利玛窦现在正在印度开展传教活动，那里的传教士已经足够多了，而中国的传教情况，几乎还是一张白纸。

罗明坚根本没有料到，利玛窦这么快就已经坐上了驶往中国的船只。话说当时教会刚一收到罗明坚的来信，就立刻派遣正在印度开展传教活动的利玛窦前往中国澳门，全力协助罗明坚的工作。利玛窦接到这个任命时，内心极为惊喜，要知道中国在他心目中可是一个神圣古老的国家，他上中学时就已听说过中国灿烂的文化。在接到教会的指示后，利玛窦简单将行李收拾了一番，即日便坐上了去往中国的商船。

对利玛窦来说，长期坐船已经是家常便饭，当初从里本斯去印度传教，他一路绕过好望角，途经莫桑比克，在船上整整生活了六个月后才总算抵达目的地。其间，遭遇了种种磨难，好在他还是忍了下来，可最令他绝望的并非路途上的艰辛，而是来自现实无情的打击。去印度之前，教会里的很多人对印度过分美化与神化，听别人那样一说，他便对印度心生向往。但到了印度之后，现实的荒芜与反差让他几乎陷入绝望之境，所以他这回将希望全部放在了中国。

然而这次出行并不顺利。没几天，利玛窦就出现了严重的呕吐症状，加上还发烧，他只能躺卧在窄小的木床上。他心里想，这身体上的不适，是否也将预示着他在中国的传教命运？

他绝望地闭上眼睛，默默在心里祈祷，希望上帝能够保佑他一切顺利。一滴泪水从他的眼角缓缓滑了下来。好几个瞬间，他突然对传教士的命运产生了深层的询问，究竟是为了什么呢？但当这个念头刚刚出现的时候，他的潜意识就立即将它掐死在了萌芽状态里。

身体上的不适，反而让利玛窦的信念更加坚定起来，他在内心反复告诫自己：痛苦将是暂时的，心灵的超脱却是永恒的，我正在从事着一项伟大而又神圣的工作，我不能放弃，就算是搭上我的性命，我也将把最为圣洁的天主教带给中国民众，这是我的使命，更是我的信仰，何况我的好友罗明坚还在澳门，他会帮助我，我没有放弃的理由，与信仰比起来，身体上的疼痛又算得了什么呢？

一日晚上，利玛窦依旧躺在床上休息，连日来的病痛已让他疲惫不堪。他脸色发白，气色非常不好，明明感到肚子很饿，却一点东西也吃不下。就在这时，船体突然剧烈地摇晃了起来，他听见甲板上来回奔跑的脚步声，人们撕心裂肺的呐喊声，只一会儿的工夫，整个船上的人们似乎就都陷入了巨大的恐慌之中。他从旁人的说话声中了解到，现在突降暴雨，海上狂风怒号，剧烈的海浪好几次险些将船体掀翻在这茫茫的大海之中。

如果是以往，利玛窦或许也会像众人一样，心里难免生出恐惧之情，可现在，他倒坦然了，无所谓了，听着外面来来回回的脚步声，利玛窦竟笑了。他说："此时此刻，就算是暴雨淹了我们的船只，我们也只能眼巴巴地看着船沉大海，若上帝要带走我们的性命，我们又能有什么办法呢？"他这样想着的时候，一位葡商跑进他的房间，看着纹丝不动的利玛窦说："先生，你不害怕吗？"利玛窦侧着身子说："害怕能有什么用呢？四处奔跑还不是在这茫茫的大海之中？"那人一听，顿时哑口无言。

暴风雨整整肆虐了一夜。在那慌乱的脚步声中，在那不断吼叫的雷鸣声中，在那残缺不清的梦呓声中，利玛窦回忆起自己在印度两年间的传教历程，感叹光阴的流逝，不知不觉两年过去了，自己很多有关传教的理想还尚未实现，现在又被派到中国，中国的传教事业会顺利吗？透过船舱上的窗口望出去，闪电不断地在天空中割出口子，雷鸣似乎就在他的身旁，大海上乌黑一片。在这连绵不断的思绪中，他渐渐地沉睡了过去。

第二天早上，利玛窦的呕吐症状愈发严重了，他几乎到了一看见食物就吐的程度，胃里的东西被吐干净了，还是止不住地恶心，甚至胆汁都被吐了出来。血丝像一群游动的蚯蚓一样爬上他的眼球，泪珠就悬在他的眼眶里，那一刻，他几乎感受到了死亡的来临。利玛窦强忍着痛苦，这种痛苦，并非外界的暴风雨所致，而是来自身体与内心。他沉重地呼吸着，多次产生了幻觉，似乎此时此刻自己马上就要回到自己的家乡。

在好几个神秘而又幽深的时刻里，利玛窦感觉自己就要死了，对他而言，死亡倒无所畏惧，只是自己所要付诸终生的梦想尚未实现，若现在离开了人世，那将是自己一生中的遗憾。所以，他不能死，死也要死在他那神圣的传教事业中，而不是在这浩瀚缥缈的大海中喂了鲨鱼。也许就是这一点点的希望支撑着利玛窦要活下去的信念，他尽管不断呕吐，还是坚持往嘴里塞进一些食物，吐了继续塞，似乎是在和命运作着最后的抗争。

"快看，前方就是澳门港了！"一个霞光像金带一样铺满海面的清晨，很多船客闻声跑到甲板上。眼看着几个月的航程就要结束，他们重重地长舒了一口气，难掩轻松愉悦的心情。听到众人狂欢的声音，利玛窦的眼睛有些酸，他以为自己无法坚持到达他神往已久的中国了，几个月来遭受的痛苦猛地涌上心头。他激动得满眼泪水，强撑着身体从床上坐了起来，突然想，这个时候，好友罗明坚在干什么呢？

船缓缓靠向了泊位，众人欢喜地一个接着一个下了船。利玛窦背起简单的行李，拖着疲惫的身体也走进排队下船的队伍里。一登陆，他便大口呼吸着那带着泥土气息的空气，顿时觉得顺畅极了，身体也一下子有了气力。站在港口，利玛窦向四周眺望了一会儿，嘴里缓缓挤出一句话："我现在就站在古老的中国了。"利玛窦拿出教会寄给他的信，找到了罗明坚所在的住址，然后大步朝前走去了。

因为初次来到中国，利玛窦对什么都充满好奇，他一边走，一边看，一边问，在他看来，这里的一切都是全新的，包括建筑物，人们的穿着、容貌等。在问路的过程中，利玛窦立马意识到了语言的不通，为了能快速找到罗明坚所居住的地方，他打开信件，向路人展示他要寻找的那个地址，但多数人还是无法辨认信上的意大利文。

所幸的是，利玛窦在一条繁华的街上，碰到了一位经常和葡萄牙人做生意的中国商人。那人仔细阅读完信件后，问利玛窦："你是不是要找那个很奇怪的传教士？"利玛窦说："很奇怪的传教士？"那人便说："说着奇怪的话，穿着奇怪的服装，就在前面不远处的传教所里，你一直往前走，就能找到他。"利玛窦连连道谢，几个月以来，他几乎是头次脸上露出喜色，他敢肯定刚才那人说的正是他的好友罗明坚。

利玛窦加紧步子，穿过幽长的小巷，然后顺着一条小道走了约有一百米的路程，果然发现了一座小小的极不起眼的庭院，庭院上方赫然挂着写有"传教所"三个大字的牌匾。门虚掩着，利玛窦轻轻推开木门走了进去，只见庭院内幽深清静，到处是郁郁葱葱的花草和青翠的竹子。"好地方！好地方！"利玛窦直呼。他踏着石板走到上房门口，隔着门缝望进去，发现好友罗明坚正在里面认真读书，他不忍打扰，就在外面站了片刻。

"外面是何人？"大约里面的人发觉了屋外的动静，一声久违了的声音从门缝传出来。利玛窦推门而入，定定地站在门口说："你看看我是何人？"罗明坚转身朝门口的方向看过来，惊得脸上的笑容都凝固了，"贤弟，贤弟！果真是你！我等你好些时日了!"说话间,罗明坚匆忙站起身,上前紧握住利玛窦的双手,再次重复道:"贤弟啊,我等你好些时日啦!"利玛窦也很激动,他盯着罗明坚那有些湿润的眼睛说:"老兄,我们如今能一同工作,实乃上帝的恩赐!"

罗明坚见利玛窦的脸色极为不好,便问询起他一路上的情形,利玛窦连声叹息,将连同之前在印度的很多经历都讲给了罗明坚。罗明坚让利玛窦坐下,给他倒了杯热水,说:"不瞒贤弟,中国目前的传教环境并不比印度强,你愿意和我一同为之努力吗?"利玛窦坚定地说:"老兄,我既然能来,就说明我已经做出了决定,无论这里的传教情况如何恶劣,我利玛窦都愿意奉献终生。"说毕,他俩紧紧相拥在一起。

两人在澳门的相遇,开启了中西文化交流的新纪元。从此,利玛窦跟随着罗明坚一道苦学汉语和汉文化,踏上了漫长的传教历程。罗明坚经常告诫利玛窦:"不涉及语言问题就不能深入探讨中国文化的本质,不熟悉语言也就无法进行文化的比较和传授,所以你要全力以赴学习汉语,争取早日掌握听说读写。"利玛窦谨遵罗明坚的教诲,每天早起晚睡,从最基本的内容学起。

"老兄,这是一种完全不同于希腊语,也不同于德语的另一种语言,讲起话来暧昧不明,一词多义的情形很普遍,有时仅以发音作区别,而且是以四个高低不同、或高或低的声调来区别词义。"学习汉语的过程中,利玛窦总是将自己的一切学习感受告诉罗明坚，罗明坚对利玛窦说："你所说的声调，其实也正是初学汉语的人必须要留意的平声、上声、去声和入声这四种声调。"

由于利玛窦自身的悟性极高，一段时间之后，他就初步掌握了汉语的技巧和特点。他还专门写了学习日记，其中写道："正因为汉语寓意纷繁复杂，中国人为了相互间沟通方便，有时也会把要说的词写下来。提到中国汉语，如果不是像我这样亲眼所见的人一定不会相信，世上竟会产生如此精深的语言，而且汉字形体大多都可以和现实里的物体对应起来。"

和利玛窦学习汉语不同的是，罗明坚当初完全是自己一个人摸索，而利玛窦有了罗明坚的指点，学起来如鱼得水，甚至后来超越了罗明坚。利玛窦就是在罗明坚的指导下对汉语入了门，"我开始学习汉语，已经记住了不少词汇，这都得益于罗明坚神父的指点，他早在我之前就热心钻研汉语，所以博得了中国人的信任。"

利玛窦还写道："汉字里所有的词都由单音节组成，写法犹如绘图，与西洋的画家一样用毛笔写成。优点在于使用这种文字的国民，即便是方言相异的人，互相之间都可以通过文字书籍而相互理解。西方的文字则做不到这一点。"

在大量阅读研究的基础上，利玛窦不断思考。他认为，南非的发现是一种地理上的发现，南美北美的发现也同样如此，但是中国的发现则迥然不同，不仅仅是一种地理上的发现，而且是一种文明的发现，以至于他逐渐认识到，无视中国文明就无法推行传教事业。他多次向罗明坚称赞道："除了他们还未沐浴我们天主教信仰的光芒之外，中国的伟大乃是举世无双的。中国不仅是一个辽阔的王国，更是一个独立的世界。"

和罗明坚学习汉语的这段时间，利玛窦几乎搜集到了所有他未曾阅读过的中国典籍，他对中国的书法、绘画、织布、水利、印刷、天文、医学、雕刻、政治、地理、建筑等多个领域都产生了浓厚的兴趣。在接触了这些东西之后，利玛窦就像一个如饥似渴的少年走进了一个梦幻的天堂，尽其所能地吸收他所需要的养分。连罗明坚都不由自主地佩服起利玛窦来，对他说："贤弟，你对中国文化下这么大的功夫钻研，我们推行传教之事必成。"

利玛窦几乎将他所有的感受都记录了下来，谈及学问时，他写道："在中国，最有学识、学问的人都是识字最多的人，而在他们政府内担任要职的就是这样的一个群体。他们学习祖上流传下来的所有学问、各种典籍，所以中国文化人的知识都很渊博。他们也精通医学、自然科学、天文学等，但完全不同于我们。中国人认为一旦能够识字读书，则其中就包括宇宙万物，只需读书就能通晓一切科学的精髓，这也正是他们的缺陷。"

谈及中国的书籍印刷，利玛窦则这样写道："中国出版的书籍内容无所不涉，印数也极多，向全国各地发行。其印刷术的起源比西洋要早得多（顺便提及，西方活版印刷术问世以来才仅仅经过百年）。他们印刷时，文字须雕刻在质地良好的版木上，否则就印不清晰，所以制版时要雕出与页数相同的版木。中国人做这件工作十分灵巧，速度也很快，西方的印刷工匠排完对开本一页的工夫，他们就能雕完一页的版木。"

利玛窦学习汉语期间，罗明坚为了能早日进入内地传教，多次跟随葡商奔赴广州。尽管内地严禁洋人进入，但在某次罗明坚与广州当地一位官吏打交道时，那位官吏竟然公开送给罗明坚一处很小的房子，并且在大街小巷都张贴告示：如有加害于罗明坚者处死刑。就这样，在葡商与中国人交易期间，这位西洋神父获准居住在广州，一时成为广州人好奇的对象。

由于罗明坚本人对中国文化的熟悉，他渐渐地在广州官员中交到了一些知己，因为他有学问，广州当地官员称他是一位文质彬彬的君子，是一个有学养的神父老师。

渐渐地，罗明坚在广州就稳定了下来，他所居住的这间小屋也成了他日后连接肇庆与澳门的重要中转点。罗明坚在离开澳门时，曾吩咐利玛窦，让他全权负责澳门传教所的大小事务，努力学习汉语，一旦内地有机会，他将带着利玛窦一同北上传教。他还告诫利玛窦无论如何也要守好传教所，内地的传教若遇阻，澳门的居所在，传教的事业就不至于前功尽弃。欲知罗氏之后又留在哪座城市，利氏又如何与罗氏一同前往内地，且详听下回分解。

第二章

≋

神奇的自鸣钟

话说罗明坚在广州居留期间，并不怎么顺当，尽管当地官员对他敬畏有加，但民间仍流传着种种谣言。尤其是他经过多番努力，当地官员给他划了一所较之前更为像样的院子之后，民间议论的声音就更多了。因为众人都知道，前任官员与洋人曾私下有过矛盾，因而曾公开发出过告示，禁止为神父提供住所，而如今本地官员竟不顾前任的禁令，公然划给罗明坚神父一处环境和位置俱佳的居所，必然是接受了葡萄牙人或罗明坚神父的大量金钱。

罗明坚清楚，这种情况是没办法避免的，因为他既然要在中国广泛传教，就必须先和官府打好交道，赠送西洋礼品是在所难免的。从目前来看，天主教传教士在中国的地位十分卑微，因此就不得不仰仗中国官员的慈悲善意，而如果那些官员有人员调动，过去已获得的权益可能又会毁于一旦。只是让罗明坚没有预料到的是，广州本地那位官员见他能简单讲点汉语，人又长得儒雅，对他的态度出奇的好，这完全出乎他的意料。

一日，那官员遣人将罗明坚叫到官府。罗明坚随官员的仆人进入了衙门大殿，只见四周站满了兵将，手中皆持有武器，心中不免有些胆怯，还以为自己在广州犯下了什么事情，今日是专程要审问他的。不想那官员突然说道："罗明坚神父，来中国这么久了，你可学会了中国的汉字？"罗明坚听罢，心中笑笑，坚定地说："在中国这个盛产诗词的国度，每日耳濡目染，不会吟唱也会说呀，汉语虽尚未精通，但也略知一二。"此话一出，那官员就憨笑起来，在场的所有人都对罗明坚刮目相看起来。

那官员立即起草了一文，递给罗明坚看。罗明坚接过文书，只见文书上写道："你既为上帝的仆从，则不必畏惧世人。我的两百名部下披甲候立在此，请你当面作证，我有从葡人那里受贿？"看罢文书，罗明坚说："大人，没有此事，纯属子虚乌有。"官员一听罗明坚的话，笑容徐徐展露在脸上，接着说："罗明坚神父，你的学识很高，人又如此谦逊，祝愿你未来的传教事业能够顺利。"罗明坚听罢深受感动，连忙道谢。

那官员又遣人郑重地将罗明坚送出衙门。当地民众知晓官员厚待罗明坚神父之事以后，下层小民变得畏缩恐惧，不再作恶，其他的官员则开始与罗明坚深入来往起来。甚至还有镇守此地的总兵，也同罗明坚保持友好往来，过去罗明坚曾赠送给他一台西洋时钟，那人知晓礼物的贵重，一直很感激罗明坚，并多次答应日后可带罗明坚去内地传教，然而随着其他事务的耽搁，此事最后也不了了之。

万历年间，新上任的两广总督陈瑞奉皇帝之命宣告：如果认为葡萄牙人不宜在广东居留，则可将其驱逐出境。同时，陈瑞命令临时居住在澳门的葡萄牙人代表和澳门教会代表一同去肇庆接受训示。此二人认为此次行程将有危险，都不愿冒险前往，于是，临时居住在澳门的葡萄牙长官命罗明坚与另一位葡萄牙法官帕内拉一同前往肇庆。罗明坚听到消息，觉得这是一个千载难逢的好机会，万不可错过，肇庆在当时可是两广总督府所在地，若在肇庆能说通总督并留下来，将对日后的传教提供极大便利。

罗明坚欣然接受了命令。这期间，他很快又给驻守在澳门的利玛窦写了一封信，表示目前遇到一个千载难逢的好机会，希望利玛窦赶紧学习汉语，以方便日后协助他一起进入内地传教。当月月底，罗明坚在广州等到了帕内拉，简单收拾好行李后，罗明坚又携带了数件珍贵的银制礼品和绢布。帕内拉也带了不少东西，诸如价值千金的玻璃、三棱镜等在中国很稀罕的物品。

帕内拉对罗明坚说道："这些东西都是澳门的葡商凑钱购买的，你要知道此行对于身居澳门的葡商意义重大。目前葡商在澳门的贸易进展顺利，赚了不少钱财，可一旦惹怒了两广总督，就会被撵出澳门，必将蒙受巨大损失，所以我俩须谨慎行事为好。"罗明坚明白帕内拉的意思，连连点头，说："您说得正是，如果总督心情愉快，我们的事业将能取得更好的发展；若总督动怒，后果则不堪设想，所以你我去了还应说尽好话。"

二人在两广总督陈瑞一名僚属的陪同下，立即上路，马不停蹄地赶往肇庆。一路上，帕内拉提心吊胆，生怕此次总督将葡人驱逐出澳门，还是罗明坚一直安慰他，说："葡人在中国并未有侵犯之心，只是一心做些生意，我想总督定然不会轻易将我们驱逐出去。"罗明坚在安慰帕内拉的同时，也在不断地思考他和利玛窦未来的任务，此次面见总督会不会成为他们进入内地传教的良机？如果成功进入内地，又该如何开展下一阶段的传教工作？

半个月后，罗明坚和帕内拉顺利抵达了肇庆，这已经是罗明坚第四次来到肇庆，之前他还来考察过三回，但皆未取得允许而留居下来。他还清晰地记得第一次来肇庆时，当时总督还不是陈瑞，那总督对葡萄牙人不经明皇帝允许而在澳门居住颇感不快，于是很快就将他从肇庆驱逐出来。时过境迁，这第四次肇庆之行结局会如何呢？罗明坚心中充满了担忧。

那僚属将罗明坚和帕内拉安顿在客栈住了一宿，并言说等他通报总督大人之后，将及时带他二人前往。第二日早，那僚属就匆匆赶来，传唤他二人前往总督府接受训示。二人来到总督府门口后，只见府邸青砖灰瓦，雕梁画栋，气势恢宏，门前的两尊石狮高大气派，尽显庄严肃穆之气。罗明坚心想，中国历来等级森严，或许从这府邸上就能看出一二。踏入府邸大门，见衙门里三百余名官兵成列排开，挥戈示威，阵势着实宏大。

罗明坚并未心生畏惧，而是坦然处之。衙内前方正坐一人，留着浓黑的胡须，面目乍看起有些横，偶尔露出怪异的笑容。罗明坚猜想这便是两广总督陈瑞，觉得此人城府极深，一眼无法看透。当时形势极为紧张，陈瑞横眉冷对，并不言语，罗明坚于是先开口说："久仰天国盛名，我们葡人前来中国只为做生意，并与中国人友好相处，绝无贸易纠纷，请总督大人明鉴。"

陈瑞听罢此话，态度逐渐缓和下来。他并未言说什么，径直进了内屋，罗明坚觉得很是奇怪，甚至觉得以总督目前的态度，他们留在中国的可能性很小了。不想过了片刻后，陈瑞部下出来传话，言说总督大人邀请他二人共进午餐。等进入内屋用餐时，罗明坚发现，餐桌上铺张而奢侈，显然总督是在向他们炫耀自己的权势，于是，罗明坚和帕内拉将要送给总督的礼品带了进来。

一见到礼品，陈瑞顿时变得和颜悦色，并满意地对他二人说："依我看，你们现在完全可以继续留在澳门，但须服从中国官宪的命令。本官不能徒受礼品，你们送来的一律按值付价。"

又问："神父可精通中国汉语?"罗明坚回答:"略懂皮毛,仍在学习中。"陈瑞听后非常满意,立即赠送给罗明坚很多稀缺的汉文书籍。用罢餐后,陈瑞又命令众多官兵以最高礼遇护送他二人回船,一路上吹吹打打,簇簇拥拥,表示敬意。

罗明坚和帕内拉在肇庆生活了十五天,全城人对总督给予他们的优待,无不感到惊讶。十五日后,他们郑重向陈瑞辞别。回到澳门之后,罗明坚将这一切都告诉了利玛窦,利玛窦感到很高兴,说:"照目前这位总督大人的态度,我们进驻肇庆应该指日可待。"罗明坚附和道:"这位总督看起来非常贤明。"知晓总督陈瑞对葡人在澳门的态度后,不仅利玛窦和罗明坚感到高兴,整个生活在澳门的西洋人都一时间变得兴奋起来。

正因如此,没过多久,为了答谢总督陈瑞允许他们留在澳门的恩情,不少葡商又凑钱买了许多礼品,再次托帕内拉送给陈瑞。帕内拉来找罗明坚一同前往时,不料罗明坚当时正好发了高烧,并且诊治刺脉时,未能刺中血管,以至整个左臂都浮肿起来,身体极其虚弱,无法同帕内拉一同前往。罗明坚躺卧在床,苦不堪言,对他而言,如果此次能再见到陈瑞,或许在肇庆修建传教所的梦想就能早日实现。

直到帕内拉从肇庆返回澳门时,才带回了消息,这消息令利玛窦和罗明坚都异常兴奋。帕内拉对罗明坚说:"神父,总督数次询问你近况如何,我说你患了病,身体很难受,总督听后很在意,我便拿出托带的眼镜等其他几件礼品送给了总督,并对总督说道：'神父病愈之后，将特地前来此地呈献给您一座美丽精巧的自鸣时钟。'总督听罢很高兴，数次叮嘱我'神父来时务必将时钟带上'，并请我带话给你，让你保重身体，早日康复。"

一周后，罗明坚彻底康复。利玛窦对罗明坚说："我们应带上时钟立即赶赴肇庆，恳请总督为我们提供内地住房，以便我们可以继续学习汉语……"罗明坚完全同意利玛窦的看法，他在多番准备之后，于当年年底从澳门启程，不过陪同前往肇庆的并不是利玛窦，而是恰从印度赶回的巴范济。巴范济之前就听说两广总督陈瑞派人邀请罗明坚，并极有可能为罗明坚在肇庆提供一处祭祀神灵的庙宇作为住处。

不过巴范济还是有些怀疑，他觉得中国官员一般惯于说谎，若无利可图是不可能尽力帮忙的，现在总督陈瑞知晓罗明坚这里有一座自鸣钟，要知道，这种自鸣钟在中国可是十分稀罕珍贵之物，或许总督是为了这座钟才邀请罗明坚前往肇庆的。但无论如何，他还是认为机不可失，应该试试运气。即便事不成也无所失，而若事成则收获甚多。如果不是此次受命和罗明坚一道前往肇庆，按原计划他应该是要去日本赴任的。

这期间，陈瑞的使者送来了路照以保证罗明坚一行的旅途安全。之后，二人携带自鸣钟和由威尼斯玻璃制成的三棱镜作为礼品从澳门正式启程。两日后，抵达香山；六日后，抵达广州，并举行了隆重的天主教礼仪；九日后，于深夜抵达了肇庆。当日夜里，陈瑞得知他二人抵达肇庆的消息后，很是兴奋，立即要在府上接见他们。罗明坚和巴范济没来得及歇脚，就带上贵重的礼品立即赶到陈瑞的府上。其时，暮色苍苍，偶有灯火闪烁。

一阵简单的寒暄之后，陈瑞迫不及待地命罗明坚将时钟展示给他看。罗明坚遵嘱取出时钟，并旋紧了发条，只见时钟来来回回摆动起来，自动鸣时。与此同时，在昏暗的灯火下，威尼斯玻璃制成的三棱镜、葡人所称的"水银镜"也焕发出魔幻般的光彩，一时令陈瑞大开眼界，他连连惊叹的同时，还不时用手掌抚摸着这些摆在他眼前的稀有物件。等时钟再次自动鸣时之时，他不禁大呼："好玩意儿！好玩意儿！"

陈瑞为罗明坚和巴范济二人在肇庆安顿的客馆，名叫天宁寺，由于目前只允许他二人居住在此，所以罗明坚一直努力争取能够让身在澳门的利玛窦也过来。果不其然，趁着陈瑞这段时间心情正好，罗明坚刚提出建议，陈瑞立即就答应了。刻苦学习汉语的利玛窦，这几年一直潜心钻研，盼望着能够早日进入内地，如今机会终于来了。他听到这个消息后，望着北方的天空，一群鸟儿匆匆飞过，他不禁喜极而泣。

来到肇庆的当天，利玛窦恰好碰上总督外出，当时的场景给他留下了深刻的印象，他和罗明坚、巴范济二人团聚之后，当日夜里就将这些新奇的事情记录了下来。"四个轿夫抬着总督，众多随从前呼后拥。在街面上行走时，有三四个人在前吆喝开道，喊叫声传到很远的地方。可以想象到这种喊声，就像突然降临的魔鬼的声音，人们都被吓得逃之夭夭，关门闭店，躲匿藏身。整个街市都笼罩在这样一种严酷的统治之下，谁也不能有半点冒犯……"

那几天，或许是利玛窦、罗明坚和巴范济三人最愉快的一段日子，他们想着如今已经在肇庆稳定下来，日后去内地的其他地方就能更方便一些。谁料想没过几天，他们的理想就再次化为泡影，那个对他们来说如同噩梦一样的消息就是：两广总督陈瑞因遭人弹劾而被朝廷撤职。陈瑞深恐西洋人居住在肇庆会给他带来不必要的麻烦，于是他给神父们一封致广州海道的手札，让他们三人离开肇庆去广州居住。

大失所望的利玛窦、罗明坚和巴范济三人虽然疑虑重重，不知这封信对广州的官员是否能够起到作用，但迫不得已还是离开肇庆返回了广州。更让他们感到绝望的是，那日碰巧广州海道不在衙门，他们甚至没能靠岸，只好退回到澳门。对他们而言，这是一个致命的打击。为了能够进入内地，他们几经周折，而今刚刚在肇庆留居下来，却遇上如此不幸的事情。三人垂头丧气，好几天都提不起兴致，巴范济也按原计划前往了日本。

陈瑞被撤职后，接任的两广总督是郭应聘。他在陈瑞留下的公文档案中见到陈瑞写给广州分巡海道的信的副本，就写信给分巡海道询问此事，但分巡海道不在。于是，郭应聘又写信给香山知县冯生虞。冯生虞命令提调澳官去调查此事。澳门的传教士们把陈瑞写的信出示给提调澳官看，提调澳官要求把信件交给他，但几位耶稣会士面露难色，经过讨论，他们决定派两个人去广州，亲手把陈瑞的信交给分巡海道。

罗明坚和利玛窦担任了这一任务。他二人到达香山县城后，香山知县冯生虞仍旧要求他们交出陈瑞的信，他二人坚决不肯拿出。冯生虞大怒，将手中器物扔在地上呵斥道："人既已丢官，护照亦有何用。"并命令他们返回澳门，永生不得踏入内地。罗明坚和利玛窦沮丧而归，返回客栈后二人商议，既然得不到知县的许可，那就自己搭乘去广州的客船。

但那船主恐西洋人乘船会给自己带来不必要的麻烦，利玛窦便将陈瑞发给自己的护照——那封刚被说成废纸一张的手札拿给他看，迫使其同意将行李搬入船内。船夫见有手札，也就同意了。可是夜里就要开船时，其他乘客坚决反对与西洋人同船并胁迫船夫，船夫只好命水手把罗明坚和利玛窦的行李统统扔回岸上。他二人失落至极，不得不连夜返回客栈。

天无绝人之路。正在这时，消息传来，言说冯生虞的父亲刚刚去世，那冯生虞现已回老家为父亲守孝去了。于是，罗明坚和利玛窦立即给香山县丞姚鸿送了礼，姚鸿便谎将他们以犯人的名义送到了广州，但在文书中写明他们持有前任总督陈瑞写给分巡海道的信。分巡海道收到信后，并没有打开，就问罗明坚和利玛窦来到中国的真实目的。他们都说是因为仰慕中华文明，来中国只为学习，还说他们只希望能够得到一小块土地，让他们建造一间房屋和一座天主教堂，他们将依靠本国人的捐献来养活自己，不会成为中国人的负担。但分巡海道说这件事要由总督和有关人员决定，他做不了主。

罗明坚和利玛窦要求暂时居住在暹罗宾馆，因为罗明坚前几次到广州来时都住在那儿，分巡海道答应了他们。但当天他又传话给他们，撤回了自己的允诺，因为监察御史即将到广州来视察，他担心招惹麻烦。罗明坚和利玛窦只好经过香山回到澳门，一路上，两人伤心至极。途经香山县时，见总督郭应聘的布告贴在城门之上，甚是显眼，他们上前一看，只见上面写着："西洋人在澳期间，屡次奸滑作恶，皆因华人充做夷人通译而屡屡教唆之。遂禁止华人与外国神父接触，反对外人在省城筑室。"对他们目前的境况而言，这无异于雪上加霜。

看到布告后，利玛窦和罗明坚觉得，这位总督要是一直在任，他们就一直没有进入中国内地的希望，二人沮丧而归。但他们回到澳门还不到一个星期，事情又突然发生了转变。情况原来是这样，话说罗明坚当初在陈瑞被撤职因而离开肇庆时，曾对总督府里的几个侍从说，如果他们有人能设法让他重新回到肇庆，他将给他们每人一笔钱作为酬谢。结果，其中一位侍从就记住了罗明坚的话，并在某日给新任总督郭应聘递上一封申请，请求在肇庆城里给传教士们一块地皮建造房屋，让他们暂时居住。

　　不知什么原因，郭应聘不久前刚发布告示禁止外国人进入省城定居，但这回竟然同意了那位侍从的申请，让肇庆知府王泮办理这件事情。王泮派了一位侍从到澳门，通知允许两位传教士到肇庆来居住，并同意传教士在肇庆建造一所房屋和一座教堂。澳门的传教士得到这一消息后欣喜无比，觉得这是上帝在冥冥之中帮助他们。利玛窦不禁向罗明坚感叹道："这刚刚发生的一切，简直如临梦境，绝非人事，此乃神仙在暗中相助，真让人难以置信！"

　　这次前往肇庆，不同以往，因为他们要带上建造教堂的钱财，而当时葡商因为商船沉船等事故，经济极为拮据，对他们的布教活动是一个沉重的打击。最终经过好几日的周旋，他们还是在一位葡商的捐资下才得以打点行装上路。

　　到肇庆后，他二人立即前往拜见知府王泮，并按中国礼节行了磕头之礼。王泮问他们既是西洋人士，为何又不远千里来到中国？有了之前的经验，利玛窦对王泮讲述了他们的来华之意："因仰慕中国文明与文化，我们由天竺国费时二三年到此。为避开澳门商人世俗之喧嚣，望知府赐我们一块弹丸之地，造一陋室度过余生。衣食住行绝不系累他人，还望知府大人明察。"听罢此言，王泮甚是高兴，对他们表现出友好的态度，同意在肇庆城内给他们一块地皮建造教堂。利玛窦和罗明坚高兴至极，再次行磕头之礼，以表达对知府的感激之情。

　　当时肇庆城东正在修建一座"崇禧塔"和一座寺庙。秋月里，树叶渐渐变黄、发红，直至凋落，四季的轮回常常让利玛窦产生恍惚之感，仿佛自己在中国已生活数十载。这时节，王泮遣人告知利玛窦和罗明坚，说已将崇禧塔旁边的一块土地划给他们修建房屋和教堂。第二日，王泮亲自前来同利玛窦、罗明坚查看地形，引得许多居民都蜂拥围观。这么快能在肇庆得到一块地皮，利玛窦和罗明坚心里满是感激。几日之后，罗明坚和利玛窦就雇用当地的工匠开始在这块地皮上修建房屋。

利玛窦提供了自己的构思，希望能够在这里修建一座两层的欧式教堂，但这一构想立即遭到了罗明坚的强烈反对。他说："目前我们经济过于拮据，若修建两层的欧式建筑，必然要花费大笔钱财，还会引起大量关注，这对于我们目前的形势极其不利，所以我觉得就修建一座普通的平房即可。"最终利玛窦采纳了罗明坚的意见。房子建成后，中间是一个厅堂，用作教堂，中央是圣堂，上面挂着圣母的画像，两边各有两间房，供传教士们居住。

王泮后来送给传教士们两块匾，一块写着"仙花寺"三个字，挂在大门口，另一块写着"西来净土"四个字，挂在厅堂里。王泮还颁发给他们两份盖有知府印鉴的文书，一份文书批准把建造房屋的地皮赐给传教士们，另一份文书允许他们去省城广州、澳门和国内任何他们想去的地方。这让利玛窦和罗明坚打心底感激王泮，这位中国官员，算是他们进入中国以来，遇到的最开明、也最为支持他们的人。

建成的教堂里陈列了不少西洋的三棱镜、书籍等物品，王泮经常到罗明坚和利玛窦居住的地方来拜访，罗明坚和利玛窦也经常到知府衙门去拜望王泮，总是得到王泮礼貌周全的接待。受王泮的影响，肇庆的其他官员也时常来拜访他们，但两广总督郭应聘却始终不愿意接见他们。罗明坚和利玛窦赠送他礼品，他也不肯接受，只是让人传话给他们，不必去拜访他，也不必费心送礼，只要他们安静地住在指定给他们居住的地方，不四处惹麻烦，就够了。

随着时间的推移，罗明坚和利玛窦逐渐在肇庆稳定了下来，他们严格遵照教会的指令安排，处处小心行事，缄口不谈天主教，生怕被当成邪教而遭到驱逐。为了不引起关注，二人甚至开始穿上地道的佛教僧侣的服装，阔袖宽裾，似乎颇为博人好感。罗明坚说："这下就成了地道的中国天主教徒了。"利玛窦笑起来，说道："现在的装束其实也和天主教相差无几，这样一来，反倒利于我们在内地开展传教活动了。"

教堂里的祭坛上悬挂着基督圣母玛利亚的画像，附近很多官吏和文人百姓都前来跪拜。这些人在跪拜时，额头几乎蹭到了地面，极具仪式感，罗明坚很欣喜，利玛窦却严肃地说："中国人的这种跪拜，属于礼节性跪拜，在哪里都是如此，并不具有宗教意义。"

不久，有人指出他们这一派所信的神是女性，还有人扬言这是万恶不赦的邪教，要砸了教堂，不然会误导当地的百姓。

于是他们赶快又将画像换为基督像。

　　教堂里最让中国人大开眼界的并非罗列的那些器物，而是一幅悬挂于厅堂之中的世界地图。不少人前来识辨此物，利玛窦介绍说是世界地图，并指明了中国在世界中的位置。很多老百姓不相信，他们言说中国乃世界之中心，怎会在地图中只占了这么一小部分？认为利玛窦和罗明坚在有意降低中国的地位。

　　某日，王泮前来拜访时也看到了这幅地图，便问利玛窦："神父先生，请问这是何物？"利玛窦答道："一幅世界地图。"

　　王泮感到极为稀奇，他之前听闻先人郑和曾渡大洋，到过许多国家，已知这世界之大，但对于世界全貌，他本人几乎是一片模糊，并不知具体。他细细端详了这幅挂在教堂里的世界地图之后，大为惊叹，不曾想这地球上竟有如此多的国家，海洋面积竟是如此之辽阔。他一边出神地看着地图，一边对站在一旁的利玛窦说："神父先生可否以此图为蓝本，绘出一幅有中文标志的世界地图？如此一来，我们中国人就有属于自己的世界地图了，能清楚我们在世界中的具体位置。"

　　利玛窦听后很激动，他也早已有此想法，便立即答道："王大人放心，绘成之日，我立即送到大人府上。"对利玛窦来说，这并非难事，他早在青年时期就在罗马学院里系统地学习过天文学和地理学，因此他有能力绘制出一幅带有中文标志的世界地图。只是这幅地图，在目前这种境况下绘制，必然要考虑中国人的文化背景，不然又将受到阻挠。王泮站在这幅地图前看了很长时间，走时又留下一句话："希望早日看到先生的地图。"

王泮走后的当天夜里，利玛窦就集中精力开始绘制地图。在绘制过程中，他考虑到中国人一向认为中国处于地球的中央位置，于是就改变了欧洲传统上把欧洲放在世界中央的绘制方法，而把中国放在靠近中央的位置。制成后，他在地图的右上方标注了"山海舆地全图"的字样，自此，中国历史上最早的一幅中文世界地图绘制成功。当然，利玛窦后来在京期间，还对此图进行过修改，这里并不赘述。

尽管利玛窦绘制成了这幅世界地图，尽管教堂吸引了众多的当地百姓和官员，但利玛窦认为，他们来到中国最要紧的任务是开展传教活动，所以在应付日常事务之外，他们还不断发展教徒。在肇庆期间，受洗礼的第一位中国天主教徒是一位穷困潦倒的老百姓，他因患上了不治之症，被家人丢弃在大街上，利玛窦见到后，立即将他带了回来，让此人住在教堂旁边的一个小茅屋里，并给他施洗，但不久这人便死去了。

与此同时，由于很长时间没有得到澳门方面的经济援助，罗明坚打算去一趟澳门，再募捐一些钱财，用于在肇庆开展活动。罗明坚向王泮借用一条船，王泮虽立即同意了，但同时也希望罗明坚能在澳门给他定做一座自鸣钟。罗明坚到澳门的时候，正逢澳门成批的商船贩运送货物去日本尚未归来，商人们手头都没有多余的钱，澳门耶稣会院的经济状况也非常拮据，罗明坚几乎没能募捐到什么钱，买不起王泮所要的自鸣钟。

　　由于没有筹募到钱，罗明坚觉得自己还不能回肇庆，便在澳门请了一位会制作自鸣钟的钟表匠随船前往肇庆，请他在肇庆制作一只自鸣钟。这位钟表匠来到肇庆后，王泮又在当地找了两位最能干的工匠帮助他。他们在传教士们居住的地方花了三个月的时间，精心设计，终于造出了一座自鸣钟。利玛窦把这座钟作为珍贵的礼物送给了王泮，王泮非常高兴，为了表示感谢，他也回赠给利玛窦几件中国的礼物。

　　制造自鸣钟的成功，使利玛窦对通过展示西洋技术的成就来扩大西洋在中国的影响有了更强的信心。他开始自己动手用铜和铁制作天球仪、地球仪和日晷。他把这些天文仪器以及从欧洲带来的三棱镜、一些印刷装帧精美的书籍和一座西班牙国王赠送的制作精良的座钟放在客厅里展示。他还把一些天文仪器作为礼物送给当地的官员，这些东西在当时看来是十分新奇的，因此中国官员们都把它们看成是珍贵的礼品，个个如获至宝。

　　罗明坚在澳门等待了一段时日后，葡商的商船从日本返回，他募集到了相当数量的钱物之后立即返回了肇庆。此时的王泮已经升任岭西分巡道，继任的肇庆知府是郑一麟。王泮在某日宴会上言说自己不久将去北京述职，可以带上一位神父一同前往。听罢此言，利玛窦和罗明坚激动不已。但是宴会一毕，立即有人劝说王泮，说若带一名西洋传教士去北京，恐对王泮不利。王泮转念一想，确实是这样，于是他又捎话给神父们，说神父们若想去他家乡浙江是没有问题的。

尽管王泮立即变了话，利玛窦和罗明坚仍然挺高兴，毕竟又可以去往内地的一个地方，对于他们现在这种单薄的局面，无疑是个好消息。再者，若能在浙江稳定一处地方，也算是有了另外的一个根据地。罗明坚自告奋勇地说他可以代表前往浙江，利玛窦虽然支持罗明坚，但他还是有些不舍。自从他来中国后，多亏了罗明坚的照顾，用中国话来说，这位早他前来中国传教的同学，已算是他的亲兄长了。

隔日，王泮的一位兄弟刚好运了一船丝绸到广州来卖，回浙江时就顺便把罗明坚带到了绍兴。王泮的家人款待了罗明坚，王泮的父亲在罗明坚的劝说下，还受洗入了教。罗明坚本希望能在浙江开辟第二个传教基地，但后来王泮的家人听到各类传言，害怕来拜访传教士的客人太多，会给家里带来麻烦，就假造了一封肇庆的来信，信里说教会命罗明坚速回肇庆去。与此同时，王泮也得知了家人的意思。就这样，罗明坚只好回到了肇庆。此后，王泮不知何故，突然态度大转，改变了对传教士们的友好态度，与他们断绝了来往，甚至命令传教士们把他送的那两块匾上他的题名抹掉。

罗明坚回到肇庆后不久，为了获得开辟新的传教地点的机会，进行了一次旅行，途中还访问了广西省省会桂林府，并企图拜访居住在桂林的一位皇亲，但未能成功。罗明坚的这次旅行并没有得到两广总督的批准，因而造成了一些议论，王泮担心传教士们会带来更多的麻烦，就颁布了一份文告，允许一两个传教士留在肇庆，其余的人必须回澳门，并且不准再有其他外国传教士来肇庆。

利玛窦和罗明坚沮丧至极，他们突然觉得仅仅依靠自己的力量在中国传教，真是难之又难，最后他们决定给罗马教皇写封信，请求教皇派一个使节来中国面见大明皇帝，希望大明能批准传教士居住在中国并进行传教。连续几个晚上，他二人就着昏黄的煤油灯，撰写教皇致大明皇帝的信，最终决定由罗明坚带往罗马。分别时，他二人紧紧相拥在一起，仿佛这一别就难以再见。看着渐渐走远的船只，利玛窦的泪水在眼眶里打转。

而这一别，果真就成了永别。罗明坚再也没有返回中国，他一直留在了罗马，而利玛窦也再没有回过欧洲，一直生活在中国。自此，两个人的生活轨迹变为两条笔直的平行线。利玛窦带着抑郁的心情继续在中国开展自己的传教事业，他想尽办法发展教徒，然而效果却并不理想，几个月下来，他仅仅发展了不到十个中国教徒。

恰恰在这个时候，利玛窦遇到了更为不顺的事情，这让他一度怀疑起自己的事业。这一年，广西巡抚刘继文升任两广总督，他上任不久，就巡查了利玛窦所修建的教堂，并对利玛窦言说要占用此屋，让利玛窦尽早搬走。利玛窦坚决不答应，要知道，这个教堂几乎凝结了他和罗明坚的全部心血，假如现在如此轻易让出去，他们之前的努力不就白白浪费了吗？可他的这一决定刚一说出口便惹怒了上任不久的刘继文。

　　刘继文责令利玛窦搬回澳门，永远不得再进入内地。利玛窦与刘继文交涉了几次，希望不回澳门，而到其他地方居住，无果。利玛窦被迫乘船离开肇庆动身返回澳门，但在他们行程的第二天，刘继文又派人追上他们，要他们返回肇庆。刘继文大概担心因利玛窦没有接受他付的钱而造成不好的影响，所以要利玛窦收下他所付的钱，但利玛窦仍然不肯接受，刘继文因而再次勃然大怒。后来过了些天，他重新平静下来，在前前后后思量之余，终于答应让利玛窦居住到其他地方去。

　　利玛窦希望到广东北部靠近江西省的南雄府去，刘继文则建议他们先到韶州的南华寺去居住，如果不满意，再到南雄去。利玛窦听罢很感激，按照中国的礼节跪下磕头，向两广总督刘继文表示感谢，刘继文也送给他一包书，作为友好的表示。当时恰好韶州通判吕良佐在场，于是刘继文吩咐他要保护好将要到韶州去的传教士们。从此，利玛窦又辗转到了韶州，之后他又会碰上何人何事，且详听下回分解。

第三章

≋

遭遇强盗

话说利玛窦离开肇庆之时，已在此地生活了六年的日月，六年的辛酸，唯利氏晓耳。好友罗明坚返回罗马，身边知己又无几人，如今被迫前往韶州，是福是祸，谁又知道？这缥缈的人世中，哪能得苏子"浩浩乎如冯虚御风，而不知其所止；飘飘乎如遗世独立，羽化而登仙"之境界？背着简陋的行李，踏上瘦河一扁舟，忽闻远处歌声传至，甚是寂寥旷远。利玛窦想起过往那轻烟般飘忽的华年，不禁双目低垂。

一路沿江北上，碧蓝的天空下，翠绿的树林缓缓向后移去，船只激荡起河水的声音不绝于耳。但利玛窦此时的感觉和当年头次踏入中国的心境早已不同，他无心欣赏这沿途秀丽的风光，而是心事重重。未来的工作该如何开展？何日才能抵达北京的宫廷？所有的繁杂之事都向他涌来，搅得他心情抑郁极了。船还在行进，前方北部的韶州对他而言又是一个完全陌生的地方，那里的官员能接受他的传教思想吗？

利玛窦隐隐有些担忧。在这纷至沓来的担忧中，船只渐渐到达了韶州。利玛窦和随行的几个人首先去了韶州南华寺。该寺依山而建，是一座古老的佛教寺院，殿堂在同一中轴线上，结构严密，主次分明，周边则山川奇秀，流水潺潺。从正门进入，依次是曹溪门、放生池、宝林门、天王殿、大雄宝殿等建筑群，好不气派。

因为有韶州通判吕良佐的介绍，利玛窦受到了寺院住持隆重的接待。在用过餐后，住持带着利玛窦等人细致地参观了寺院。利玛窦深切地感受到佛教在中国的地位之重，他简单询问了一些问题后，就匆匆离开了寺院。一路上利玛窦想，如果通判让他居住在此寺，他可千万不能答应，若在佛教寺院开展天主教活动，必然会受到更大的阻力，所以他无论如何也不能居住在此，尽管这里的地理位置、环境条件等都非常优越。

步行了二十多公里后，利玛窦终于到了韶州城。见到吕良佐之后，利玛窦向他提出申请：“通判大人，因仰慕中国文化，我等不远万里来到中国，现如今又来到韶州，希望大人能划出一块地皮，供我们建造一处简陋的房屋居住，望大人能够允准。”吕良佐见利玛窦语气极为诚恳，思量片刻后就答应了下来。他说：“在肇庆就听闻神父先生大名，你所绘制出的中文世界地图真让人大开眼界，如今你来韶州留居，实为韶州之幸事。”

“神父若不嫌，韶州城西有一光孝寺，比较清静，你可带人在寺旁的空地处建造房屋。"吕良佐露出和善的笑容说道。利玛窦一听，立即作揖言谢，动情地说："能得到大人的支持，我真是感激涕零，望大人日后常来我处闲坐。"说毕，利玛窦就离开了。他在光孝寺旁仔细地查看了地形，见此地一旁便是竹林，林中又有小溪缓缓流淌，鸟鸣阵阵，环境清雅幽静，是一个居住的好地方，不禁开怀而笑。在光孝寺中暂住下来后，他立即找到几个匠人开始修屋。不久，一座崭新的房屋就地落成。

利玛窦很快搬了进去，未曾想他并不适应这种潮湿的南方气候，没几日就患了重病。他感到头痛欲裂，又不断呕吐，此情此景让他想起当年头次坐商船来中国的场景，那时他感觉命不久矣，最后却奇迹般活了下来。这回呢？他查了下古书，发现中国古人已对此病进行了定义："病生于岭南，带山瘴之气，其状发寒热，休作有时，皆由山溪源岭嶂湿毒气故也。其病重于伤暑之疟。"他没有服用任何药物，因为并没有药物可服。

光孝寺与城区隔着一条河，利玛窦经常拖着虚弱的身子在河边转悠。看着缓缓流淌的河水，利玛窦常常感到精神恍惚，有时会想起自己的家乡和父母。多少年了，没有见父母的面，他们如今怎么样了，过得好吗？利玛窦擦去眼角的泪水，背对河流，仰望起苍天。那些天他几乎日日都在河边沉思，想一些未来的事情，他觉得自己独处的时候，就成为了一个思想家、哲学家，等病好了，他一定要将自己的所思所想如实记录下来。

在这每日的散步过程中，利玛窦的病情渐渐有了好转，他觉得或许是上帝在暗暗帮助他，这让他对未来进入北京也有了信心。上帝一定会护佑他一路北上，抵达北京，这是他终生的目标。一日，利玛窦沿着河跑了一上午步，回来后，他感到神清气爽，或许正是在这日常的生活之中，他渐渐地适应了岭南这种潮湿的气候吧。这地方环境好是好，可如何才能北上去往距北京更近的地方，利玛窦有些迷茫，他不断祈祷，希望上帝能继续助他达成目标。

　　然而不幸的是，利玛窦又遇上了当地强盗的打劫，他和几名传教士均受了伤。当时正值仲夏，一帮年轻的地痞无赖几乎夜夜都在隔壁的光孝寺里赌博，没几日便将身上的钱财输光了，于是便起了抢劫利玛窦住所的歹心。一日夜里，他们足有二十多人，个个手里举着火把，拿着棍棒、斧头和绳子，他们从菜园外面跳进来后，再转到大门口从里面打开了大门。他们以为闯到这里吓唬吓唬，利玛窦等人就会逃之夭夭，实则不然。

　　当利玛窦等人从睡梦中惊醒的时候，他们还以为就是几个小偷，大喊几声就能把他们吓跑。所以他们打开房门，什么防身器具都没带就跑了出去，却见来者个个全副武装，携带着利器。听到他们大喊的时候，这些人非但不跑，还抡起手中的火把烫伤了其中的两位传教士，又用棍棒狠打另外一位神父。利玛窦和另外三人赶紧退到走廊里，想从里面把门关上。强盗们却拼命在外头挤着不让关门，并用斧头猛砍木门，试图破门而入。

当利玛窦几人看到没有希望守住这道门时，就各自退回到自己的房间并从里面把门插上。此房屋虽地势较高，仍旧是平房，于是利玛窦关好门后立即从窗户跳出，试图去外面叫人，可他落地的时候却不幸崴了脚。他一拐一扭地跑到河边，只见通往城内的木桥已被这群强盗破坏，顿时失望极了。他估计这伙强盗和庙里的和尚们认识，向他们求救也无用，这么一想，利玛窦干脆不跑了，在河边的空地附近坐了下来。

另一边，当强盗们冲进走廊时，一位传教士爬上阁楼，把上面的桌子向下面砸了下去，见此状，大概是强盗们害怕了，他们突然立即撒手，一样东西也没带，仓皇逃窜去了。并且在惊慌失措之中，他们还丢下了一根棍子、一顶帽子和一块布，这些东西后来倒成了证明他们犯罪的证据。利玛窦被传教士们扶进了屋子，他跛着脚一边走一边说："幸好我们的传教事业没被毁灭，这还是要感谢上帝啊！"说着，自己竟苦笑了起来。

在利玛窦看来，这种事情在任何一个国家都有可能发生，重要的是现在该如何处理，如果不告官府，他们的房屋被白白损坏，岂不便宜了这些歹徒？他猜测，那天晚上他们的呼救声那么大却没有一个人来搭救，附近仅有光孝寺一处住人的地方，歹徒会不会和光孝寺的和尚私下有勾结？于是他立即带人去寺院询问，果不其然其中一人说漏了嘴，最后他们全部都坦白了，那晚参与打劫的歹徒也就一个一个被挖了出来。

利玛窦本来觉得，这伙人都是些青年人，年纪还小，不愿起诉他们，可由于官府的三令五申，他只好不得不以书面的形式起诉，并上告官府，希望能予以轻判，或者饶恕他们，给这些强盗重新做人的机会。但最后官府还是判处这伙强盗的首犯死刑，对庙里的和尚等作了罚款的处理。官府认为利玛窦提出宽恕可能是怕事后报复，还派人专程来告诉他不要害怕，利玛窦则说："以善报恶，这是我们天主教的法则。"

紧接着又发生了另外一件打击利玛窦的事情，那就是他最亲近的部下麦安东病逝了。上文中已经说过利玛窦由于不适应韶州潮湿的气候而生病，麦安东也不例外，只是他的病情要比利玛窦厉害得多，反反复复，病了又好，好了又病，直至去世。要知道这个打击比强盗来袭还要让利玛窦痛苦，在中国的传教士，本来就没几个人，除去回国的罗明坚之外，也只有麦安东一直跟随着利玛窦学习汉文与中国文化。

利玛窦曾亲自教麦安东写汉字、读四书，所以麦安东的死令他伤痛至极。目睹麦安东的遗体，他悲痛地说："我亲爱的朋友麦安东与我在中国共同生活了两年，他已能精通汉字、汉文，俨然一个文人，他讲的汉语也已经非常流利，达到了很高的水平，万万没想到他会这么早死去。他是我在韶州这片沙漠之中唯一的朋友，他曾是我沙漠中的绿洲，在这周围都是异教徒的人群中，我再一次感到了深深的孤单……"

对利玛窦而言，那确实是一段极其绝望的日子，他整日都神情恍惚，甚至还患上了严重的失眠症，身体一下子就消瘦了不少。夜里他躺在窄小的床板上辗转反侧，往往到凌晨的时候，还睁着眼睛无法进入梦乡。他迷迷糊糊中常常想起罗明坚，默默期待罗明坚能够再次来到中国，继续与他开展这项艰难的传教事业。由于连续的失眠，白天利玛窦提不起一点精神，对未来充满了绝望。

这时，一名叫瞿太素的中国人踏入了他的世界，此人对他后来北上产生了关键性的作用。从何说起呢？话说那日利玛窦正在屋内歇息，连续的失眠已经让他筋疲力尽。"咚咚咚！"屋外传来沉闷的敲门声，利玛窦深深地打了一个哈欠后问："何人？"隔着门，利玛窦听见那人说道："请问可是利玛窦先生？"利玛窦回道："正是，你是何人？"那人说："本人瞿太素，久仰神父大名，今日专程前来拜访。"

利玛窦迈着缓慢的步子开了门，只见那人头戴一顶小帽，留着典型的中国胡须，眉目清晰，眼睛里闪烁着一股智慧的光芒。利玛窦从相貌猜测，此人定是那种极为聪明的人。利玛窦将其请了进来，并安顿他坐下。那人刚一坐下便说："利玛窦神父，我早在肇庆期间就听闻先生大名，那时就想前往拜访，不想等我忙完手中之事去寻神父时，您已移居至韶州，故而我现立即从南雄赶来拜访神父，希望能得到神父的指点。"

利玛窦听了这话，十分高兴，因为从他来中国到现在，很少有人像这样从外地专程前来拜访他。利玛窦脸上堆满笑容，说："我并非高官，只是一名普通的传教士，不知太素来此想学什么?"瞿太素连忙说:"神父不必谦虚,您上通天文,下知地理,我虽一闲人,但也对这些东西抱有浓厚的兴趣,希望神父能收下我这个弟子,此后将常留于此,与神父一同进修。"说毕,瞿太素立即跪在地上,对着利玛窦行中国拜师之礼。

见到此般状况,利玛窦感动至极。他双手扶起瞿太素,满含热泪,说道:"快快请起,使不得,使不得!日后你在此与我一同学习就是了!"瞿太素听罢此话,又一连磕了几个响头。他站起来握住利玛窦的双手,看着眼前这个来自西方世界的"洋老师",不由对未来充满期待。利玛窦更是激动,自罗明坚回了罗马,后来麦安东又去世了,他的身边几乎再无知己伙伴,如今来了这样一位虔诚的年轻人,他怎能不感到高兴呢?

瞿太素按照中国的习俗,还给利玛窦准备了许多绸缎等贵重物品,并把利玛窦请到自己之前租住的房子里,用丰盛的酒席款待他。利玛窦没有拒绝,高高兴兴地接受了瞿太素的礼品,但他也用西方珍贵的礼品给瞿太素还了礼。因为在他看来,神父们在中国传教并非是为了获取什么利益,而是以一种纯粹的方式来传递他们的信仰,这也让瞿太素深受感动,两人几乎是一见如故,相见恨晚。

几日后,瞿太素才对利玛窦吐露了自己真实的心声。"神父先生,早闻您通晓各种技艺,不知可懂得从水银中提炼银的技术?"瞿太素问道。利玛窦说:"虽懂得一点,但并不精深,你若想学习天文、地理、算术等学科,我倒是可教授一二。"瞿太素见学习炼银术无果，便询问道："中国的算术皆以算盘计算，已经非常准确，不知西方算术学什么？"利玛窦笑着说道："欧几里得可曾听过？他的《几何原本》可曾听闻？"瞿太素直摇头。

从此，瞿太素默默守在利玛窦身边，一心一意学习天文学与算术。刚一接触西方的算术学，瞿太素就产生了强烈的求知欲和好奇心，并快速掌握了制作各种日晷的技术和测量高度、长度的方法，而且经过系统的训练，他把所学的知识都用汉语记录了下来。对瞿太素来说，他学到的这些东西在中国完全是前所未闻的新东西，所以他激动地把自己学到的东西拿给做官的朋友看，并到处宣扬说，与西方的科学领域相比，我们的东西显得多么幼稚。

经过瞿太素这样一宣传，利玛窦等神父的威信一时间被提高到了难以置信的地步。由于瞿太素巨大的精力投入，接连不断地有惊世之作问世，同时他好奇心依旧不减，夜以继日地沉溺于西方的学问当中。他将西方书中的所有图表都按照中国的尺寸再现于自己的书中，这些书较之西方的图书毫不逊色。不仅如此，他还使用木头、铜、银等将圆规、天文观测仪、罗盘等器具都制作了出来，最重要的是，他还翻译了《几何原本》第一卷。

这让利玛窦大为震惊，他感到不可思议。当瞿太素将翻译出的《几何原本》第一卷拿到他的老师利玛窦的面前时，利玛窦用颤抖的双手接过书本，不住地赞叹："天才！天才！真没想到你短短时间内能将这第一卷翻译出来，我实在为你感到高兴！"利玛窦很少夸人，对老师的这句表扬，瞿太素为自己连月来的劳动得到肯定而感到欣慰。利玛窦接着说："这是一件大事，我们必须尽快将此书公布于世，好让世人知晓西方的算术学，以便理解我们目前的工作。"

瞿太素极为赞同，他在韶州认识不少官员朋友，于是他和利玛窦一同将这本翻译过来的《几何原本》第一卷送给他们，其中包括南雄知府黄门。不久，这本翻译之作便引来了一片赞扬之声。黄门看后说："世人都以为中华之学问高妙精深，之外再无学问，谁晓这西洋之术竟是如此厉害。今能见此书，多亏了瞿太素呀，他虽是一离奇古怪之人，却对这西洋科学兴趣浓厚，今又译出洋人之作，可谓喜事一件啊！"

黄门便去利玛窦的住所拜访了他二人。一番客套之后，黄门邀请他二人前往距韶州不远的南雄访问游玩，瞿太素一听便说："我的妾正好在那里，等时机成熟，我和神父一定前往。"黄门就此告别。其间，瞿太素又建议利玛窦留胡子、蓄长发，以区别于中国寺庙里的和尚，易僧服为儒服，这样一来，将更容易与中国士大夫阶层接近并取得他们的信任和尊重。利玛窦听后，思量了几日便采纳了瞿太素的建议，并且在服装上也与中国士大夫保持了一致。

此时的利玛窦已蓄须留发，穿着打扮俨然中国秀才，走到哪里都文质彬彬，受到各地官员的尊重。利玛窦也因此信心倍增，更加发奋研读起中文来。他研习中文进步神速与他借助于一种异乎常人的"局部记忆法"有关。这种记忆法基本上是属于视觉的：把一个词或一个方块字贴在某个物件上，在想象中追忆该物，由物及字或词。利玛窦曾多次表演过他的这种特殊记忆法，把只看过一眼的一篇又一篇四五百汉字的文章倒背如流，这让所有前来目睹的中国儒生们感到十分惊讶。

当中国大江南北都沉浸在新年的热闹气氛中时，利玛窦和瞿太素一同来到了南雄。南雄城内，到处挂满了红红的灯笼，孩童四处跑玩，街巷两边尽是卖吃食、耍货的，个个摊位前都挤满了孩童，甚是热闹。这种气氛不免让利玛窦有些伤感，中国人过年讲究团圆，他却数年浪迹中国，不曾回过家乡，他不由地思念起了自己的父母。瞿太素看出了他的心思，说："神父不必难过，你虽身处距家千里之外的中国，却在开展着一项功德无量的事业。"

利玛窦说："功德无量我不敢说，但愿上帝不要辜负我们的一番努力。"瞿太素说："中国地大物博，近些年来却固守封闭状态，极少与外界来往。你虽只是一名普通的传教士，但却精通天文、地理、算术等多个科学领域，你来到中国，将这些学问一一传授出去，中西文化才得以不断碰撞，这是何等的功德？"伴随着这漫长的闲谈，瞿太素将利玛窦带到了他的家里，并向利玛窦介绍了自己的妾和家内的一些情况。

住了几日后，利玛窦和瞿太素搬到了一个信奉基督教的教徒家中，这个教徒在南雄非常受人尊敬，大家几乎将他视为圣人。此人告知利玛窦，说他在信奉基督教以前就非常虔诚，尽管上了年纪还坚持斋戒，同时了解学习了不少信教方面的知识，并且在本地作了广泛的宣传。听了这个已经上了年纪的老人的话，利玛窦的心间涌上一份欣喜。

利玛窦来到南雄的消息扩散出去后，人们便络绎不绝地来到他们居住的地方，不少人还提来了一些过年的吃食，诸如糕点之类的，有的还提来家里的蔬菜。利玛窦非常有耐心地坐在椅子上给来访的人讲述自己的信仰，有时甚至讲到深夜。这些人走后，利玛窦再也按捺不住自己激动的心情，对瞿太素说："人们把我们当作天上来的救世主了！我忽然觉察到，来这里耐心听我们讲解的大部分人都是当地人，也就是说，在这里相信灵魂不死的人要比韶州多得多呢。"

先后有十个人在南雄接受了天主教的洗礼。但利玛窦坚决不给瞿太素进行洗礼，原因就是按照中国封建的教条，他目前仍有几个妻子，这一条，对于信仰天主教的利玛窦而言，无论如何也无法接受。尽管瞿太素理解天主教义，也与利玛窦相处得很愉快，但利玛窦就是不同意他入教。直到瞿太素的第一任夫人去世，他与他的妾正式结了婚，并把家里全部的佛教物件及有关书籍付之一炬后，利玛窦才答应为瞿太素洗礼。

洗礼那日，瞿太素写了一篇洋洋洒洒的信仰声明："几年前，我有幸遇到从西洋远来的真理大师利玛窦等人，他们是最初告诉我神明的奥秘的人……我谨保证从我接受洗涤灵魂每一种玷污的洗礼之日起，将把残存在我头脑里的对于伪神的不合理的教义的信仰彻底扫除干净。我还保证在我的思想中，决不有意地卑鄙地追求不适当的炫耀个人的那种愿望，也不追求世俗的虚荣以及任何其他虚假而危险的诱惑。"当然，瞿太素洗礼是在认识利玛窦十五年之后，具体情况在此不再赘述。

上文提到过，利玛窦等人刚来韶州之时，由于无法适应此地潮湿的气候而患了重病，这次他和瞿太素刚到南雄没有几天，就得到消息称韶州方面的神父又因气候问题半数病倒，希望利玛窦能早日从南雄返回，以便更好地开展工作。利玛窦接到消息后，情绪十分低落，他想，自己一年前曾给总教会写信希望能再派来一名助手，这时也应该快到了吧？他带着失望的心情和瞿太素立即返回了韶州。到韶州后，他发现教会派来的郭居静神父已经到了居所。

然而郭居静神父也同旁人一样患了重病，直至一个月后方才得以起身开展工作。利玛窦说："你远洋万里赶到中国，却因这潮湿的气候而患重病，我不得不告诉你，我们的传教事业正如这环境一般艰难。想要传教，必先适应中国的环境，而这适应的过程往往会付出很大的代价，甚至是性命的牺牲。"郭居静表态道："既已选择来此协助你的工作，我就不惧这些困难。"在利玛窦的指导下，郭居静开始致力研习中文。

　　利玛窦在这期间，又开始重新学习中文，在他看来，前几次的不顺皆是由于对中国文化的了解不够精深，所以他现在必须得更加深入地研究中国文化。瞿太素言说："目前的形势虽有些许好转，但从大的方面考虑，前往北京犹如老虎吃天，所以我想我们是否可以先去江苏常州居留？此地北携长江，南衔太湖，并与南京、杭州皆等距相邻，如此一来，进入北京将大有希望，但目前我们必须先出了广东。"

　　利玛窦一脸苦笑，摇了摇头，说："我何尝不想，可如今你我皆在韶州此地，如何脱得开身？如若没有合适机会，去京之日则遥不可及。"瞿太素说："如果苦等下去，何日才能进京？不如我先赴常州踩点，打探打探那边的情况，日后你若有机会北上，我二人可在此聚首，共同开辟新的传教地点，神父看如何？"利玛窦听后，默然了一会儿，说道："目前看，也只有这一个办法，不过就得劳烦你跋涉一趟了。"

　　瞿太素即刻北上前往常州，在河岸分别时，瞿太素紧紧拥住利玛窦，说："一直以来，受到神父的谆谆教诲，我永记在心，不知该如何答谢，心里甚是愧疚。"利玛窦说："此次一别，不知何日才能相见，你在常州也照看好自己，我们保持书信来往。"说毕，瞿太素挥泪踏上木船。利玛窦一直在岸边站着，他看着渐行渐远的木船，心里凄凉得很。瞿太素也始终站在甲板上，望着对面的利玛窦，直至遥远的地方变为一个黑点。

　　瞿太素走后不久，一个重大机遇降临了。话说那时由于日军侵犯朝鲜，为了防守边疆，朝廷将一名姓石的兵部尚书从广西召回北京，让他率领八万军队去救援朝鲜。这位石大人在途经韶州时，向一位商人朋友道出了自己近期的烦恼："我儿因考试落榜而精神抑郁，不说话，不出门，不见客，甚至夜里也不睡觉，几乎达到半疯的状态，看了很多大夫仍是无法治愈，作为父亲，我甚是担忧啊。"

听罢石大人的话，这位商人想了片刻后说："有个人，也不知当不当荐？"石大人说："这个时候，我焦急万分，你就不要卖关子了。"商人说："此人是位神父，西洋人士，名叫利玛窦，他目前在韶州城内建有教堂，言说有神灵的存在，能在暗中护佑我们。并且此人神通广大，曾绘制出世界地图，描出地球景貌，他的居所处，放有各种稀奇古怪的玩意儿，都是些罕见物品。忽然想起此人，也不知他是否能帮得上您？"

石大人一听，激动起来，连忙说道："此位神父居韶州什么地方，我即刻就要见他。"商人便说："大人若如此急迫，我现在就去传话，让他前来见您。"石大人说："你速去速回，此次若能医治我儿，我石某人定重金酬谢。"商人说："你我二人虽非同父同母，却如同亲兄亲弟，这件小事不必言谢，您在这里候着，我找见利玛窦神父后立即返回。"石大人嘱咐道："你路上小心，一定要将这位神父请过来。"

正在利玛窦读书之时，商人敲开了教堂的门，那人一进门便说："请问利玛窦神父可在？"利玛窦放下手中的书，从内屋出来，看着这个站在面前的陌生人问道："您是哪位？有什么事？"商人因路上走得急，缓了缓说："兵部尚书石大人要进京赴命，他目前正在韶州暂时逗留，因儿子考试失利、精神异常而烦恼不已，希望神父大人能全力救治。"利玛窦继续问道："石大人儿子目前在何处？"商人答："一家人皆在韶州，还请神父大人即刻前往。"

利玛窦觉得这是个好机会，若能医治好兵部尚书儿子的病症，或许就有机会和这位大人一同进京，如此一想，利玛窦说："我们即刻前往兵部尚书大人的居所，还请先生在前带路。"商人很快就将利玛窦和郭居静神父一同带到了这位石大人的船上。石大人的妻妾、孩子等一家老小都在船上，他们以非常盛大的礼仪和排场接待了利玛窦和郭居静二位神父，使在场的韶州人和知府都感到无比震惊。

这位石大人虽位居高官，却十分平易近人，言谈举止恭恭敬敬，没有丝毫的官架子。商人向石大人介绍了利玛窦和郭居静二位神父，石大人握住利玛窦的手说："久仰神父大名，想必我朋友已向您说过我的情况了吧。"利玛窦看着石大人说："大人如此信任我，是我的荣幸，还请大人将令郎带出来让我看看。"石大人立即将儿子唤了出来，利玛窦一见，这孩子果真神情忧郁，脸色灰白，没有一丝儿精神气，显然是受到了不小的刺激。

利玛窦问："孩子，今年多大了？"那孩子并不理睬，只是目光呆呆地看着远方。见此情形，利玛窦转身对石大人说："大人，依我看，这种病不是一时半会儿就能医治好的，要让令郎的精神状态恢复正常，必须要花费一段时间进行调理。"石大人顿时神情低落下来，他看了看自己的孩子，眼睛里满是怜爱，又说："神父先生，那您觉得该如何是好？"利玛窦转念一想，这正是一个好机会，可以借机随之北上。

于是利玛窦便说："大人若不嫌弃，我们也正有到贵国内陆去看看的想法，所以如果能与您同行我们将不胜荣幸，这样或许我主可以帮助我们把令郎的病治好。"石大人听后，十分高兴，他说："如此一来，只是耽搁神父的时间了。"利玛窦连忙回答道："进入内陆看看，正是我们长久以来的愿望，我们应该感谢大人呢。"其实在利玛窦看来，石大人能够如此快就同意带他们一同北上，不仅仅是因为儿子的病情，更重要的是可以向他了解别的事情。

韶州知府正站立在一旁，石大人对他说："神父与我一同北上，知府大人您看？"知府见状，立即颁给利玛窦官凭，虽然文书上规定了回程日期，也规定了利玛窦只能到达江西境内，不得前往南京，但利玛窦接到文书后，还是深感欣慰。要知道，这是在利玛窦抵达澳门后的第十三年才终于得到允许可以踏上北上的征程，然而他或许也没想到，他这一去，就再也没有回到过广州和澳门。对他们这些在异国他乡生活的传教士来说，澳门无疑是心灵上的一片绿洲。

　　当日夜里，与石大人等人一同用过晚宴之后，利玛窦和郭居静神父回到为他们准备好的房间休息。利玛窦一直未睡，情绪激动，他觉得此时似在梦中，一点都不真实。想想看，多少年了，他一心一意想要北上进入中国内陆，却不曾有过机会，这期间，他又碰上了多少的人和事，造化弄人啊，利玛窦不住地在心中感叹。窗外，皓月当空，暗云盘绕在月盘周围，看上去好不孤寂，利玛窦突然觉得他或许前世就是那轮冷凄凄的月亮。

　　这样想着，利玛窦渐渐睡着了，连绵的梦境纷至沓来。他先是梦见自己进入了一片广阔的荒漠地带，大风不断席卷而来。他站在一个沙头上，面朝东方，风将他的衣服吹得飘了起来，他使出全力以站稳，然而风力过大，他不时被吹得偏向一侧，利玛窦恐惧极了，周边没有一个人，遥远的地方偶尔传来几声饿狼的叫声。他额头上很快就渗出细密的汗珠，双手缩在袖口里不住地颤抖着，这时他隐隐看见天边有一股沙尘暴朝他席卷过来……

　　利玛窦被吓醒了，他用右手抚摸着胸口，不一会儿，他再次缓缓闭上眼睛。梦又来了。他看见天空一片混沌，黑云涌动，北边裂开一个巨大的口子，一条宽阔的河流从那里喷涌而下。那一刻，他正站在教堂的门前，地上的土被扬起，打在他的脸上，他再一抬头，惊恐地看见那天河正向着教堂猛灌下来。利玛窦再次惊醒过来，顿时睡意全无。他端直地坐在了床上，船外昆虫的叫声此起彼伏，而夜寂静若水。

对于此次行程，利玛窦充满期待，同时也隐隐有一些担忧，这种担忧来自过去的种种不顺。他走出船舱，站在甲板上，朦胧的夜色下，河水泛出银白的光亮，远处的山丘与林木交融为一体，显得极为静谧。利玛窦再一次感到了迷茫，这种迷茫后面，尽是绵绵的失落。他转念又想，既然自己将一生的使命放在了中国，这个时候又怎能退缩？人的一生能有多长呢？一晃眼，好些年已经过去了，传教却如最初一样艰难。

一滴清泪从利玛窦眼中掉下来落到了河水中。就在这时，郭居静神父也从船舱中走了出来。"怎么？你也睡不着？"利玛窦问道。郭居静看着远处苍茫的夜景说道："心里乱糟糟的，睡不着，你呢？"利玛窦轻声说："我也是，这次出行也不知结果如何，心里总有些担忧，夜里一睡下尽做噩梦。"接着便是沉默。过了很久，利玛窦对郭居静说道："这次我出门远行，你要照看好韶州的事务。"

郭居静点点头。利玛窦又说："此次我将尽力留居在更北的地方，未来缥缈，不知会落在何地，你我要随时保持通信，你及时将韶州情况写信告知于我，我也会写信给你。"郭居静说："就按你说的，你一路小心为上，多多保重啊。"

第二日一早，利玛窦带着一位中国修道士和一位出生于澳门的年轻助手，随着石大人的船队一同匆匆北上了。他们北上后情况如何？利玛窦又会留居在何地何处？且详听下回分解。

第四章

≈

乘船遇险

话说利玛窦与那石大人一同从韶州出发后，至南雄，因要翻过山岭才能行船，故二人约定，两日后在江西南安县会面，再一同乘船继续北上。南雄城很大，且商贸业发达，广东北部河流航船段到南雄为止，从广东运往京城和内陆的商品皆要在此地卸船后，才可运往各地。听闻利玛窦到南雄的消息后，很多之前受洗礼的中国传教士自发前来给他送行，利玛窦深受感动，连连道谢，因有约定日期，并未长时逗留。

南雄至南安段，属岭间小道，绵延悠长，约有五十公里的路程。来人将利玛窦三人送至南雄县城外，一一拜谢，并言说希望利玛窦神父有机会能再来南雄为他们讲解。利玛窦见此情景，心里发酸，真切地希望自己在中国传教的愿望能早日实现，而要达成此愿，则必先北上进入宫廷，向大明皇帝宣讲天主真谛。如此一想，利玛窦与来者寒暄一阵，匆匆道别后就上路了。来者并不走，他们站在原地，不时向利玛窦等挥手。

　　进入山路后，只见道路皆用石子铺成，两边树木林立，草色青翠，非常漂亮。利玛窦行在路上，心情大好，不时哼唱出小曲来。远处的地方，还能看见一些修建齐整的民房，旷远的乡野之上，郁郁葱葱，地形凹凸有致，如在仙境。一路上，人来人往，牛车、马车不断，可见商贸往来甚是活跃。走到山林深处，随处可见清澈的小溪缓缓流下，若遇河滩，可从木桥上顺利通过。利玛窦停住脚步，立在半山腰往四周望去，尽是连绵的稻田。

　　利玛窦心旷神怡，走了好长时间，竟丝毫不觉得累，微风拂过，倒很是舒服。很久以来，他守在教堂里极少出门，憋了一肚子的压抑，如今走此山路，目睹美好风光，心中的郁闷早已抛到九霄云外。途中，鸟鸣阵阵，蝴蝶翩翩，踩踏着前人走过的路，似在探访一段新的历史。利玛窦这时忽然想起罗明坚，不禁为罗氏尚未踏足中国的大好河山而感到遗憾，这一路，他几乎越走越有劲，越走越感到脚下生风，甚是爽朗。

　　吃过干粮，喝过泉水后，利玛窦三人继续赶路，顺顺畅畅，未曾歇停，一边享受着山内的清凉，一边陶醉于翠碧的山林，直到步行至南安境内的一座山脚下。远远望去，山势极为陡峭，小道像从天上垂挂下来一般盘绕于空中，山上多巨石，溪水从一边汩汩而下。据当地居民介绍，此山贯穿南北，一边归广东管，另一边则归江西管辖。他三人到达此山跟前时，正值夜间，但路上却行人匆匆，走到半山腰他们才明白，原来翻过此山极其不易，多数情况需要骡马驮运。

因为运费很便宜，利玛窦叫了一辆木推车，尽管有些颠簸，但看着山中那幽深的景色，利玛窦觉得很舒坦。就这样，他们离开广东到达了江西，赣江正是从这里起始，一直流到南昌。他们很快就到达了与石大人说好会面的地点。那石大人到达在先，一见到利玛窦三人，便说："神父们一路辛苦了，此次路途遥远，且遇山脉，难免要受罪些。"利玛窦却说："大人言重了，我看这一路风光无限美好，倒让人心情舒畅不少。"

几条船沿河流继续向北前行。路途中，那石大人将利玛窦唤到自己的船中。利玛窦一进船舱，石大人便说："神父快请坐，一路辛苦，现在正好歇息一下。"利玛窦坐了下来，想这石大人唤自己过来绝非给儿子治病，一定是有其他目的，于是他说："承石大人厚爱，我方能与大人一同北上，赏览中国这大美河山。"石大人哈哈大笑起来，说道："神父有此兴致，他日我若在京，待我忙完公事，便可带你一同闲游京城。"

利玛窦一听，面露喜色，连连向石大人道谢。石大人说："神父从西洋而来，想必见识过不少东西，听闻你懂得天文学和数学？"利玛窦答道："我也是略懂一二罢了，西洋崇理，尤其是文艺复兴之后，欧洲拉开科学与艺术革命的序幕，在诗歌、绘画、建筑、音乐等方面均取得了一定成绩。中国则重文，可以说在生活习惯等各个方面均有较大不同。"石大人说："神父能否仔细讲讲看？我洗耳恭听。"

"在天主教神学体系中，灵魂、死亡等问题占重要位置，也就是说欧洲人一直在对灵魂的归属不断进行追问。"利玛窦如是说道。石大人听得有些玄乎，变换了话题："那西洋的风俗习气如何？"利玛窦接着讲道："欧洲人反对奢华，崇尚简朴，妇女不注重打扮，穿衣色彩素淡，饮食以牛奶、面包为主，建筑则多用石头砌成，呈城堡状。"石大人听罢，有些惊讶："同生在世界，生活方式的差异竟如此之大，着实让人惊叹。"

石大人又问："神父先生，之前多次听人说过西洋沙漏，说用此物可以计时，果真有此物？"利玛窦笑笑说："很早以前就有了，那是根据流沙从一个容器漏到另一个容器的时间来计量时间。""真有如此神奇？"石大人惊叹道。利玛窦说："大人若喜爱，我回去立即给教会写信，让他们寄一件过来，回头若相见，我作为礼物送给大人。"石大人笑出声说："如此甚好，如此甚好，那就谢谢神父先生了。"

"神父可否讲讲你所信奉的教义？"石大人接着问。"天主教信奉天主和耶稣基督，尊玛利亚为圣母，其信仰内容大致包括在《宗徒信经》中，有'十二端信道'之说，主要的基本信条为：天主圣父化为天地，创造人类；天主圣子降生为人，救赎人类，并受难，复活，升天，在世界末日时再次降临；天主圣神（即圣灵）圣化人类；教会为基督所创立，并有赦罪权；人的肉身将于世界末日复活并接受基督的审判，善人得享永福，恶人要受永苦等。"利玛窦略作思考，便一气呵成地说道。

利玛窦在言说的过程中，突然想到，趁着这会儿石大人心情正好，是否能向他提出在其他地方建立居留地一事？他在心里思前想后，最后终于下定决心，说道："大人，有一事想请教大人，不知可否？"石大人正在兴头，便说："神父尽管讲。"利玛窦说："大人，我来中国已有多年，当初想把这天主教义传至中国更多的地方，如今却只能在广州等一些地方短暂留居，大人觉得我能否将地点扩展至广东以外的地方？"

石大人一听，紧锁眉头，想了一会儿说："我能理解你目前的境遇，只是我觉得，目前要在北京和南京留居，是没有一点儿希望的，因两地都为京城，若不进贡皇上，便一无所获。"利玛窦顿时神色黯然下来，他愁云满面，很是失落。那石大人看得出来，于是便安慰利玛窦说："神父也不必过于悲观，依我看，你目前可以将居留地先定在我过去长期做官的南昌城，此地距南京不远，你可在此寻求机会，也不失为一个办法。"

虽然不能留居在京城，但石大人后面的话，还是让利玛窦深受感动，他回到自己的船上后，将此消息带给了另外两位传教士，他们听罢都很高兴。利玛窦心想，这位石大人对西洋风俗、基督教等如此感兴趣，而且看起来确实是真心帮他，他不如借此机会，再将自己所携的西方书籍等物品拿给石大人瞧瞧，开开眼界，以让那石大人能助他到底。于是他立即找到几本《圣经》《几何原本》等物件，来到石大人的船上。

石大人一见利玛窦带来的书籍、圆规等物品后，兴奋异常："原来世界上还有这样的语言！真是稀奇！稀奇啊！"他将物品拿在手中细细把玩，并言说："过去我只知道每个国家的交流方式不同，不想这文字上的差异竟也如此巨大，神父来中国数年，你觉得汉语如何？"利玛窦微笑着说："汉语是我见过最为美妙的语言，结构复杂，含义丰富，我学到今天尚未触到精髓，实在惭愧。"石大人说："神父过谦了。"

船快驶到赣州时，老远便可见赣州官员布置下的盛大排场，两边整齐地站满了士兵，阵容好不壮观。利玛窦心想，刚才那石大人好不容易允许他居留于南昌，若在赣州拜见这些官员，不知又会碰上什么麻烦，于是为了避开他们，他决定自己先过赣州，回头再与那石大人一同北上。他在船抵达岸边之前告知石大人："大人，我想自己在赣州城里转转，两日后再与您会合可好？"石大人听罢立即就同意了。

利玛窦带着两位年轻的传教士在城内闲逛起来。与此同时，那石大人被赣州知府接进府内之后，种种谄媚，花言巧语之外，还准备了不少的贵重礼物。那石大人十分受用，合不拢嘴，不住地夸赞知府做事周到，为他用了心思。也是在酒足饭饱之余，石大人突然想起了利玛窦，于是便向知府说道："此次我前往北京，除家眷外，还带有一位西洋高人。"知府问："何人能有如此福气，得到大人的厚爱？"

石大人听了此话后，心里快活至极。笑了一阵后，他说：

"此西洋人士，是一位传教士，很有学问，我儿因考试不中而萎靡不振，不想经他近日开导，倒松活了起来。"知府跟着说："如此有学问之人，大人可否介绍给我认识认识？"石大人言说："不巧，他到赣州之时，说自己逛逛，估计这会儿正在赣州城内转悠。"知府问："此人叫何名？"石大人说："利玛窦。"知府一听，拍着腿说道："此人我听过，大名鼎鼎，曾绘过世界地图。"

"原来如此。"石大人说。知府思索了片刻，又说："大人，我有一建议，不知当不当讲？"石大人说："大胆讲。"知府便说："此次大人进京将担重任，路上却带一西洋人，不知妥且不妥？"听闻此话，石大人有些不悦，但并未表现出来，他缓缓说道："知府多虑了，区区一个传教士，构不成什么大的影响。"知府说："大人别怪罪，我就是一个小小建议罢了。"石大人陷入深深的沉思，知府的话如缭绕的云烟一样飘荡在他的脑子里。

利玛窦在城内转了半天之后，并无意思，于是他三人雇了一个小船，游荡在宽阔的赣江水面上。赣江两岸烟雾缭绕，山影隐约，呈现出一种寂寥的苍茫之感。江水缓缓，渔船往来不断，天空中，白云堆堆，水鸟飞动。利玛窦突然想起中国传统所讲的天地人合一，面对此情此景，他突然对中国文化的精神不由地佩服起来。西方讲求人的内在与精神世界，中国则不同，强调万物的重要性，人皆是自然偶然的产物。利玛窦越想越觉得有味道。

这或许是利玛窦来中国后最为放松享受的日子，只是这日子太快，还没有好好沐浴山水的灵气，就已到了与那石大人约定的时间。利玛窦三人收拾停当行李后，立即赶到了约定之地。石大人还未来，他三人就百无聊赖地在此闲转起来。说实话，利玛窦情绪很激动，尽管那石大人说他不能在两京开辟新的传教所，但这次石大人能带他去京，说不定就会有新的转机。利玛窦沉浸在这种喜悦的情绪当中，等待着石大人的到来。

那石大人到来之时，已是当日晌午，他与那知府简单寒暄一阵后，就随利玛窦一同坐上了船。他们并未在一只船中，石大人在前面的船中，利玛窦三人则随着他的士兵乘在尾船上。石大人上船之后，心里仍装着这件事，赣州知府的话着实提醒了他，如今朝鲜方面正发生战争，局势紧张，这个节骨眼儿上，带着一位西洋人进京真有可能会受到指责，那是否将利氏遣送回韶州？如此一来，是否过于残忍？石大人于心不忍，但转念又想，他与利玛窦非亲非故，只是刚刚结识，遣他回去又能如何？

恰在这时，利玛窦所乘的船遇上了灾难。话说当时船刚驶出赣州不远，就遇上一处旋涡重重的险滩，此处水流湍急，深不见底，且河床下面尽是淤泥。船只排成整齐的队列行驶，那石大人所坐的船尽管在此有些摇晃，却并未遭遇险情，顺利驶过，不料后面的船队，尤其是石大人家眷所乘之船由于陷入旋涡，碰在了岩石上，导致船体破裂。听到女人、孩子的呼救声后，利玛窦所在之船立即前往救援，顺利将女人和孩子拉到船上。

　　将女人和孩子收容到他们所在的船上后，利玛窦和他身边的两名年轻传教士换到了装运行李的船上。不幸的是，当他们经过一座山的背面时，正好遇上了狂风，船上的人立即收紧船头的帆，但刚刚收到一半，风势就越来越大，导致他们的船与前面的船撞在了一起，翻了船。由于水流湍急，利玛窦又不会游泳，他被猛灌了几大口水，神情恍惚，所幸即使抓住了救援的绳子，这才爬上了岸，但其中一位年轻的传教士，却不见了踪影。

　　利玛窦和几位士兵打捞了一会儿，什么都没找见，此情此景，这让利玛窦恐惧至极，之前所有的好情绪一下子就消失殆尽，他陷入深深的痛苦之中，一个刚才还鲜活的生命，瞬间就消失了。利玛窦在心中默默为他祈祷，愿他的灵魂能够永恒，愿神灵永远守护着他，并在胸前画了一个十字。休整了片刻后，他们继续沿途北上。随后利玛窦又得到了一个更为让他痛苦的消息，有人告诉他，石大人为避嫌，打算将他遣回韶州。

　　一听到这个消息，利玛窦如遭五雷轰顶，大脑一片空白，感到身体轻得往起飘。为什么？为什么？为什么如此突然？利玛窦想不通，经过一番思虑之后，为了避免被遣回，他立即携上原本打算到京城后送给大明皇帝的威尼斯水晶三棱镜，登上石大人所在的船只。石大人的仆人说石大人正在休息，不见任何人。于是利玛窦赶紧将携带的宝贝掏出来给那仆人看，那人见此物极为神奇，从未见过，便跑进船舱内向石大人汇报。

石大人拿到此物后，只见此物将太阳光分解为多种色彩，熠熠生辉，极为漂亮，他喜爱有加，想占为己有。只是那仆人告诉石大人说："大人，这西洋人让我带话给你，言说你若带他去京，他则将此物送给您。"石大人一听，骂道："放肆！他这分明是要挟我。你告诉他，去北京是没有任何希望了，不过我到吉安后，将走旱路，他可随船只继续北上，直至南京，但北京决不能去。"仆人听后，就出了船舱。

仆人将石大人的话原原本本地复述给了利玛窦，利玛窦听后还是再三言谢，并大声喊："谢谢石大人啊。"那石大人虽已听见，却不吱声。利玛窦同意随船队走水路，不过他再次对仆人说："烦请您带话给石大人，可否让吉安知府给我发张文书，以便我在南京城内活动。"仆人将话带到后，石大人同意了，他一边把玩着手中的三棱镜，一边说道："这都是小事情，你再替我谢谢神父的三棱镜。"石大人在吉安兑现了他的诺言，吉安知府拟就官照，准许利玛窦前赴南京、苏州、浙江及附近各地。

利玛窦得以继续随船队前行，这一次他坐在船上，心情再不像之前那么轻松，而是心中五味杂陈。他意识到，自己的命运完全是掌控在中国官员的手中，顺不顺利完全在于官员们的心情，就像此次，之前石大人答应得好好的，中途却突然变卦。进京之梦再次破灭，利玛窦失望至极，一路上，他几乎没再说一句话。那种沉重的幻灭感时时刻刻缠绕着他，让他觉得，这次旅途时间竟过得如此之慢，丝毫没了先前的轻松愉悦。

利玛窦决定，这次若到了南京，必须千方百计留下，如果不成，就南下浙江游览游览，看看有无新的机会。历经了上述的波折后，利玛窦终于抵达了江西首府南昌，下船后，只见赣江右岸，皆为碧绿色的平原，辽阔无垠，码头处则一派繁华景象。见此景，利玛窦心情稍微畅快了一点，他想，既然在此地没有一个熟人，还不如好好游览游览这南昌城，如此一来，以后若在南京留居不成，回南昌倒也方便一些。

在南昌住了几日后，利玛窦发现这里的气候相比肇庆、韶州要好得多，至少他更能适应这里的气候环境。另外，他发现南昌无论是哪一条街道都非常整洁干净，到处立着各式的牌坊，并且雕刻得极为精致。这种极具中国特色的雕刻物，在利玛窦心中留下了极为深刻的印象。尽管是头次来南昌，但这里的环境、地形、文化、建筑等，让他觉得此地是一个做学问的理想之地，就算以后无法进京，留在这里也是一个不错的选择。

一日，利玛窦在城内四处闲转，偶然路过一处名叫铁柱宫的地方，但见那里人声鼎沸，人流如织，热闹非常，男女老少摩肩接踵。利玛窦站着眺望了一会儿，便随着人流一同走了进去，只见殿内烟雾缭绕、鞭炮声声，加上宽阔的宫殿、威猛的塑像、虔诚跪拜的男女老少，让利玛窦大开眼界。他站在一旁细细观察，觉得这可能是一种民间的祭祀仪式，在他好奇之时，人群将他挤了进去，这时有人发现了这位身穿中式服装的外国人，都觉得他好像是天外来客。

众人惊讶之余，发现此人并不跪拜，便七嘴八舌喊了起来。"面对佛像竟不跪拜，岂有此理！"有人大声喊道。"跪下！给佛祖跪下！"又有人高声喊。利玛窦吓了一跳，他解释说："我并不知晓你们供奉的是何人，为何要跪？"没想到，他随便的一句话，竟惹怒了在场的不少人，"跪下！跪下！"喊声越来越响亮，众人气势汹汹，利玛窦执意不跪，现场气氛极其紧张。这时，身边的一位老大爷悄声对利玛窦说："我们这里不管是何人，到了佛祖跟前都要磕头的，你快点给磕一个吧。"利玛窦明白了过来，但他仍是不磕。

见利玛窦不磕头，前面的几个中年人火冒三丈，生气得很，他们围上前来，强行将利玛窦往佛像跟前拉。"你们要干什么？放开我！"利玛窦大声呼叫道。那些人并不管，硬将利玛窦往下压，喊着"跪下！磕头！磕头！"利玛窦说："我是从天竺国而来的传教士，我有自己的信仰，不能乱磕头！"这时，一位留过洋的年轻人走出来，向众人解释："西洋人是不信中国佛祖的，所以他们不可能磕头。""他不磕，要是佛祖发怒降灾于我们该如何？"有人喊道。

那年轻人见氛围不对，于是不再言语。"我是从天竺国而来的传教士，我有自己的信仰，我是不可能给佛像磕头的。"利玛窦再次重复道。他心里后悔至极，"就不该前来凑这热闹，现在惹上这种麻烦事。"利玛窦心里暗自说道。利玛窦刚才重复的这句话起了作用，人群渐渐平静了下来，他开始往后退，但仍有人攒过来。他刚走出人群时，一位中年男子又冲了出来，将他死死抱住，大声呼喊让他给佛祖磕完头再走。人群再次骚动起来。

利玛窦心里又气又急，他涨红着脸说："我是和兵部尚书大人一同来南昌的！你现在非要让我跪拜吗？要不我将尚书大人叫来一同和你们跪拜，可以吗？"那人一听，心生胆怯，缓缓退到后面去了。众人也不再强行让利玛窦跪拜。回去的路上，利玛窦心情糟糕极了，没想到遇上这样的事情。"我真后悔，我想今后在没有宣讲天主教之前，是不能到中国的佛庙里去的，这里的人对佛教显然要比广东境内的人更为虔诚。"利玛窦在心里暗暗说道。

回到住所后，利玛窦再未作逗留，而是直接回到船上，躲在船舱中，随着船队一同继续北上，赶赴南京。过南昌后，经小城南康，路过庐山，便进入广阔的鄱阳湖，再由鄱阳湖进入长江，直至到了利玛窦仰慕已久的南京城。这期间，为了避免再遇到麻烦，利玛窦很少出船舱。所以当船员提醒他到了南京的时候，利玛窦长长地舒了一口气："到了，终于到了南京，感谢上帝。"利玛窦看着疲惫的船员们，不由地在心中说道。

下船后，利玛窦在靠近城门的地方租住了一间小屋，由于他西洋人的面孔，很快就吸引了不少人来围观。这时，那石大人的仆人尚未离开，他担心利玛窦会给石大人带来不必要的麻烦，便对利玛窦冷言道："神父先生，我看这南京之地并不适宜你留居，我劝你尽快返回韶州为好，且你不得向任何人泄露你与石大人的关系。"利玛窦当然不愿失去石大人这个保护伞，便说："是石大人同意我来南京的。"那仆人便不再言语。

由于好奇，利玛窦将行李安置妥当之后，就进了南京城，四处转悠起来。城内的城墙让利玛窦赞叹不已，只见那城墙高大威严，连绵数里。城墙用巨砖砌成，城墙之宽，五六辆马车可在其上并行无阻，且城墙内部有各种防御工程，易守难攻，有不少军人在此把守。令他更为惊讶的是城门，城墙高厚，门楼宏伟，城门用铁皮制作，远远看去，非常壮观。

利玛窦从西北门进入城中，只见有两三条街直达江边，两侧全是店铺，每条街约有几里长，还有一条不宽不窄的河流，由京城东面蜿蜒西流。河分两支，一支在城外，绕京城东、南、西三面，形成护城河，称为外秦淮河；一支入城，在城内呈V字形而由水西门出，称为内秦淮河。河两岸商店林立，非常热闹，尤以夫子庙最为鼎盛。河上高大的石桥、木桥无数，座座美轮美奂。

在利玛窦闲逛南京城之时，他遇见了一个人，此人身着齐整的服装，看起来很威严。那人不停地盯着他看，让利玛窦感到很奇怪，他并不认识此人，于是便问："你是?"那人便说："你是否是从肇庆过来? 我见过你。"利玛窦大吃一惊，想不到在这千里之外的南京城中竟然见到了肇庆的人士，他激动地说：“你是肇庆人士？”那人点点头，说道：“肇庆知府王泮你可认识？”利玛窦一喜，说道：“当然认识，王大人对我有恩。”

那人迟疑了片刻，又说：“我是王大人公子的好友，现在与王公子一同在南京做事。”利玛窦马上想到，可以求助王公子留在南京城。“真是上帝保佑！能让我在此遇到你们，”利玛窦满面笑容，“还望先生能带话给王公子，言说我已到南京城，看他能否帮助我留在此地，我目前就临时住在这城外的一个小店里。”那人便说：“早在肇庆时，就听闻神父大名，今又在南京碰到神父，也是我的荣幸，您的话我一定带到。”

返回小屋后，利玛窦就等待起那人的消息。从他目前的情况来看，尽管碰到王公子的朋友实属意外，但也许这意外真会帮上他的忙，因为除此之外，他不知还有何种办法可行。几日后，那王公子和他的朋友果然找到了利玛窦的住处，一见到利玛窦，公子便露出开怀的笑容说：“能在此地遇上神父，实乃荣幸啊，欢迎神父来到南京城。”利玛窦同样很高兴，他说：“我也是啊，能在此相遇，真是缘分。不知家父如今可好？”

那公子说：“家中一切都好，神父怎么来了南京？”利玛窦想了片刻，觉得还是不能说明自己的真实意图以及与石大人的关系，就说：“南京乃中华文明的重要发祥地，且历来崇文重教，于是我便慕名前来。”公子一听，极为高兴，言说：“神父千里迢迢而来，肯定吃了不少苦头，如今在这南京城安顿下来，估计也无熟友，你若有何困难，我定尽力帮忙。"利玛窦甚为感动，连连作揖道谢。

公子打量着利玛窦说："当初见神父，知你汉语并不流利，如今无论是穿衣，还是讲话，都像一个地地道道的中国人了。"利玛窦微笑着说："中国文化博大精深，我目前才学了个皮毛。"那公子随后又带着利玛窦参观了南京城的很多名胜古迹，还将利玛窦介绍给了南京的不少朋友。

不久，利玛窦就对那王公子说出自己想留在南京的想法，那公子听罢，细想了片刻就说："依我看，神父若想留在南京，必须先得在这南京城内找到一位地位很高且比较容易接近的官员做保护伞，这样一来，才可在此长期居留。"利玛窦听后有些颓伤，偌大的南京城，他头次来，何以认识身居要职的官员？利玛窦想不到任何的办法，心中不免有些着急。

没想到很快就有了机会。利玛窦打听到曾两次邀请他离开韶州去别处定居的前广州兵备道许大人已升迁南京仪制司主管。得知这个消息后，利玛窦喜出望外，满心认为获准定居的时刻就要到来了。他决定隆重拜访这位许大人，企图得到他的支持。离开韶州时，许大人曾请人给他专门做了一套绸缎服装，这套衣服为蓝紫色，带有宽松的敞口袖子，下摆处镶有一圈两寸左右的缎带，带子为明亮的天蓝色，且袖口和领口均有相似的缎带。

利玛窦觉得，过去由于服装的原因，很多人将他们视为和尚，如今来到南京城，他打算一改面目，换上这与中国官员同样的服装，加上之前留的胡须已经长得很长，如此一来，从大明朝的封建体制来看，他无形之中提高了自己的地位，从而能够更有效地从事传教活动。

应该说，利玛窦是在认识到了佛教僧徒社会地位之低下后，才脱去了长期穿着的僧服而换上官服的。这次打听到这位许大人后，他激动之余想了想，必须郑重其事地去拜访人家，因为这不是在广东境内，而是在闻名天下的南京城。他还清晰记得，自己当年在广东期间和许大人的交往很深，他还送过许大人一个用汉字标有地名的地球仪呢，许大人对他也一直非常关照。所以利玛窦觉得，这次要想在南京居住下来，肯定是十拿九稳了。

准备好后，利玛窦带上贵重的礼物去许大人府上拜见，许大人见到利玛窦十分高兴，毕竟都是老熟人，能在南京城再会，也是一种缘分。许大人在府上摆了一桌丰盛的午宴，席间，他们说说笑笑，谈了很多往事。那许大人连声道："神父，吃菜，吃菜。"利玛窦笑着说："许大人不必客气，你在南京一切都好？""托神父的福，一切都好得很。"许大人说道，接着问："神父这次不远万里来南京城，是为何事？"

利玛窦有些紧张，他心里乱糟糟的，不知该如何回答。思量了片刻，他说："许大人，不瞒您说，我是和那兵部尚书石大人一同来到南京的，因朝鲜受日本侵犯，他前往北京领受新命，巧在韶州时他遇上我，于是带我一同来了南京。如今在南京我没有一个熟人，遇上许大人也是我的幸运，不知大人可否给我在此安顿一所住处？以便我长期留在此地开展工作。"许大人一听，立刻有些后怕，他唉声叹气，面露难色。

利玛窦看了出来，只是他不明白这许大人为何会有如此大的反应。那许大人心想，边境正有战争，利玛窦乃西洋人士，如今来了南京，若他将其安顿下来，必会惹上麻烦，但利玛窦又是自己的熟友，又该如何拒绝？他左右为难，千寻思万思量，仍是不得结果。最后，他想了一个办法：故意表露出为难的样子，然后再令利玛窦返回韶州。这么想着，那许大人站起来，表情很痛苦，他边走边说："神父啊，你这下把我给难住了，照理说，南京城内是禁止外国人入内的，如今你让我可怎么办？依我看，你不如立即返回韶州境内，以保人身安全。"

许大人的话一出，利玛窦顿时目瞪口呆，不知该说什么。许大人见状，又狠了狠心大声喊道："来人呐，将这位神父先生送出南京城。"利玛窦心灰意冷，没再说一句话，他只看了一眼那许大人，却见那许大人背着身，根本没有看他。利玛窦回去后，事情并未了结，许大人立即又将利玛窦租住的那户人家叫到了官府，并严厉地斥责了一顿："怎么能随随便便留住一个西洋人在南京？"那人吓得浑身发抖，回去后立即就将利玛窦赶了出去。

利玛窦想不通，又去找许大人，并拿出兵部尚书石大人之前写下的担保书，但许大人仍是不予理睬。不仅如此，他还怕利玛窦私自去别处，便提出要把利玛窦一直送到江西。利玛窦听罢，伤心欲绝。在这天前，他还曾多番向南京新认识的诸多朋友夸耀过自己与许大人的关系是如何如何的好，如今搞成这样一个结果，他都觉得没脸面再和这些朋友见面了。

这时，也有几位朋友劝他先离开南京，过了这段时日再来。利玛窦也觉得事已至此，还是回韶州的好，不然那许大人万一又给他找事，得罪了许大人，或许以后再无机会北上了。他只好凄凉地踏上了归程。途中，他失落至极，一想到自己多年来的努力未得到什么结果，好像所有的意愿换来的只是一场空，便躺卧在船舱里，无心再去欣赏两岸的风景了。此时此刻，他满眼泪水，听闻着水浪拍打船身的声音，心里像插了一把锋利的刀子。

在这摇摇晃晃的行程里，利玛窦缓缓闭上了困乏的双眼。沉睡中他做了一个梦，梦见一位留着白胡子的老人从天而降，站在他的对面，缓缓向他说道："你从西洋来到这个富饶的国家，为了你的理想四处游荡，你能够想象自己把那个古老的宗教信仰完全拔掉并代之以一种新的宗教吗？"利玛窦听罢，满含热泪地一头跪倒在那老人的面前，说："主啊，你既然知道我的想法，也知道我现在面临的困境，那为何不能够助我一臂之力？"说罢此话，利玛窦趴在地上，泣不成声。那老人却转身就走，在不远的地方，利玛窦听到那老人说："放下心吧，我将为你祈福。"说毕，老人便升天离去了。

利玛窦醒来后，满目苍凉，船还在缓缓行驶着。他呆坐了一会儿，将帽子脱了下来，散乱的头发被微风轻轻吹起，面容尽显憔悴。利玛窦轻声说道："主啊，若刚才真是您祈福于我，那您一定要全力帮助我，如今我举目无亲，一人之力又何以传播天主教义？您万万不可丢弃了我，定要协助我一把啊。"说毕，利玛窦再次垂泪了。利氏这时该去往哪里？回韶州还是回澳门？抑或是留居于其他地方？欲知结果如何，且详听下回分解。

第五章

春风得意在南昌

　　话说利玛窦一路伤心欲绝，船快抵达南昌时，他转念一想，若此时回了韶州，以后若再无机会北上该如何？这个问题让他焦急万分，再三犹豫之后，利玛窦突然觉得应该先在南昌留下来，不能再错过这个时机了。于是他赶紧收拾了行李，急匆匆地出了船舱，船刚一停在岸边，便赶紧跳下船，径直朝着南昌城内奔去了。只见南昌城内人来人往，他将帽子稍稍往前压了压，并专挑人少的地方走，尽可能避开人们的注意。

　　由于上次在南昌待了几天，对南昌的一些情况也不是特别陌生，他想这次该反思反思过去的失败，究竟是因为什么。利玛窦将此次南京之行的前前后后反复回忆，突然想到或许是因为之前操之过急，便决定这回在南昌，必须一改自己急躁的脾性，而采用灵活迂回的战术，万不可再说"定要"，而要改口为"窃以为"，以缓慢委婉的方式来取得别人的信任。

利玛窦很快就找到了一处相对偏远一些的房子，安顿下来后，他不再像以往那样，急于同外面的人来往。一个多月以来，他足不出户，过着极为安静的生活，一边休养身体的同时，一边悄悄地了解南昌城内的详细情况。他的心境已经缓和下来，白天偶尔出去走走，夜里则就着一盏昏暗的煤油灯伏案阅读，直到精力稍稍恢复过来后，他才开始谋划该如何在南昌城里与人交往，如何获得长期居住在此的允准。

利玛窦突然想到了一个人，那人名叫王继楼，是一位大夫，曾为许多官员瞧过病，之前和他一同医治那石大人的儿子时与其相识，利玛窦曾送过他西洋礼物，想必那人还记得他吧，不如近日就去拜访他。选定好日子后，长髯拂胸的利玛窦身着绸缎官服，头戴儒生云巾，坐着一顶轿子前往了王继楼的住处。那王继楼一见是利玛窦，不禁大呼："神父先生来南昌啦！"利玛窦微笑地回应道："今日再与先生相见，实乃荣幸。"

王继楼又说："神父来南昌，才是南昌之幸啊。"利玛窦说："今日来南昌，人生地不熟，还望先生多加照料。"王继楼回答："神父来南昌之前，就已在这南昌城内声名鹊起，都是那声称是你的弟子名叫瞿太素的先生所为。"利玛窦一听，极为高兴，说道："先生可知瞿太素如今在何处？"王继楼说："瞿太素曾住在江苏常州，后来就来了江西，他现在常常在庐山的白鹿书院讲学，几乎次次都会向学生提到你，我过去曾有幸到现场聆听过一回，如今也不知他是否还在书院内。"

利玛窦听闻此话，不禁想念起瞿太素，他感慨道："当年我尚在广东，太素来我处求学，深入学习算术学，取得了不小的成就，如今一晃几年就过去了。"停顿了片刻，利玛窦继续说道："今日在先生口中得知太素在此，让我不由想起过去，先生见笑了。"那王继楼笑着说："神父先生学问精深，又如此重情，乃真君子。"利玛窦又送了王继楼一些西洋礼物，王氏很高兴，立即言说他日定邀上数位好友一同宴请利玛窦。

两日后，那王继楼果然没有食言，盛情设宴款待利玛窦。利玛窦到场后，见桌上已坐了不少人，一见到利玛窦，王继楼便一边让他入座，一边向在座的众人隆重介绍说："想必大家都听说过利玛窦神父吧，这位便是他本人，利玛窦神父。"众人一听，全部站起，上前与利玛窦一一打招呼，利玛窦又惊又喜，不想这么多的人都听说过他，心里自然流露出一种久违的兴奋感，说道："今日能认识各位，也是我的荣幸。"

王继楼继续介绍："神父先生，我给你隆重介绍一下，坐在你身边的这位是建安王朱多，这边的这位是乐安王朱姨，二位都是王爷，也是我今天请来的贵宾。"利玛窦心里实在激动，能在这一席饭桌上认识这么多的要人，确实是他没有预料到的。这时，那建安王朱多说道："先生或许不知，您的大名早已流传于这南昌城内，多少文人雅士都想结识您呢，先生若不嫌，他日可来我府上，一同谈经论文。"利玛窦说："多谢王爷厚爱。"

这顿饭，吃得极其愉快，席间大家聊世间种种稀奇，也聊诗词文学，最让大家兴趣浓烈的则是利玛窦所讲的西洋文化风俗。西洋世界，对在座的各位来说，就如同一片未曾见过的新大陆，所以感到稀奇也不足为怪。当利玛窦一字一句讲解之时，大家鸦雀无声，皆认真听利玛窦的演说。那建安王朱多听罢直呼："之前只听说西洋产奇珍异宝，不想西洋文化也如此繁荣。"

那王继楼社交圈本身就广，宴请过后，他逢人便说起利玛窦，言说利玛窦不仅学识渊博，而且神通广大，能在水银中提炼出银子来。这种谣传很快让利玛窦在南昌城内声名鹊起，一时间，尤其是上层的官员几乎没有不知晓利玛窦的。利玛窦多数时间同王继楼在一起，他还教会了王继楼他擅长的局部记忆法，王继楼获得了这种记忆能力之后，更加对利玛窦推崇起来，利玛窦在他心目中几乎成了无所不知的神仙。

这种局部记忆法很快就在读书人中间流传开来，利玛窦也得以拜见了不少名门望族。他告诉人们，这种记忆方法实际上是一种在大脑中建造宫殿的过程，宫殿的大小取决于他们希望记住多少东西。在脑海中构想出这些建筑的目的，是为无数的概念提供安置之所，对每一样我们希望记住的东西，都应给予它一种形象，并给每个形象分配一个位置，只有这些形象都各得其所，同时我们能迅速记起他们的位置，整个记忆系统才能顺利打开，方便我们快速记住更多的东西。

对这种从未听闻过的记忆方式，不少人抱有极大好奇，但实际操作起来，由于种种原因，这种方式还是很少被采用，多数的读书人仍采用传统的通过不断朗读的方式去记忆，因为汉文诗词本身读起来就朗朗上口。不管怎么说，这种记忆方式还是让利玛窦赢得了不少人的敬重。在利玛窦看来，自己作为一名传教士，若一旦中国人重视起他的记忆能力，就会顺带着向他问询西方宗教，如此将自然而然地达到传教的目的。

一日，王继楼来到利玛窦的住处，聊了一会儿记忆法之后，王继楼看着利玛窦居住的这间又小又潮湿的房间说："神父先生为何不搬入城内？"利玛窦的思绪赶紧从记忆法中跳出来，皱着眉头说："你有所不知，我目前尚未得到江西方面的许可，但我和兵部尚书石大人很熟，他曾给我签发过官照。"王继楼一听，思索了片刻，说道："你目前住在城外不是个办法，若你信任我，不如将此官照交给我，我私下给你想办法。"

利玛窦听罢，便说："如此一来，就得烦劳你了。"王继楼则说："你我相识一场，办理这么一件事情，也算是我答谢于你。"利玛窦说："如若能留居于城内，将会大大方便开展我的事业。"王继楼说："朝廷禁止外国人进入内地，所以我私下办理期间，你我还是少来往，以避人耳目，尽早办成此事。"利玛窦激动地拉着王继楼的手说："有劳你了，真不知该如何感谢你。"王继楼笑笑说："先生太客气了，你可教会了我不少的东西呢。"

王继楼回家后，为此事奔劳了几日，却并无结果，但他想，利玛窦这样一位有学养的先生搬入南昌城内，应该是一件好事，因此他给城外的利玛窦写了一封短信，让利玛窦早日搬入城内先住下，而后再做长远打算。利玛窦一见此信，大喜过望，立即收拾行李搬进了南昌城，在一处不是很显眼的地方住了下来。利玛窦觉得目前应该也比较有把握了，于是在城内四处奔走，到处拜访各路官员和名望。

然而正是此事给他惹下了麻烦，有看不惯利玛窦的人，私下谣传说利玛窦来南昌城内有重大的军事图谋，此话一传进江西巡抚陆万陔的耳朵里，他便大发雷霆，此前他曾听闻利玛窦学识过人，却不想如今竟擅自住在城内，于是他叫了一位武官，并对此人说："带几个人去详细调查调查这位西洋神父，看看他居住在南昌城内的真实动机是什么。记住，要小心谨慎，不得无礼，因为外国人不可能无缘无故地住进城内来，前前后后要调查清楚。"

当那位武官前来调查的时候，利玛窦稍稍感到一些惊讶，而反应最过激的则是留住他的屋主。那屋主听说江西巡抚派人前来调查这位西洋神父，吓得魂飞魄散，极度不安，多次前来告诉利玛窦让他立即带上东西离开此地。利玛窦不愿离开，就故意高声吓唬那屋主说："巡抚只是命人来调查调查，又不杀我的头，何以如此害怕？再说巡抚是来查我，又不是查你，你现在撵我走，不是趁火打劫是什么？"那屋主一听，便不再言语。

武官调查了几日，发现利玛窦并无什么图谋，于是返回府内告知了巡抚陆万陔。陆万陔想了想说："或许是误会吧。你去告知利玛窦神父一声，让他明日来我府上，我和他谈谈。"利玛窦知晓后，还以为是他得罪了什么人，他最担心再被赶出南昌。第二日一大早，鸡刚打鸣，他便起床收拾好，穿戴上整齐的官服，而后坐上一顶轿子，前往了陆万陔的府上。陆万陔的仆人告诉利玛窦，说知府大人还未起来，让他先在院子里候着。

利玛窦在院子里转悠起来，他发现巡抚的府邸非常大气，分厢房、上房、后院等，院内花草繁盛，鸟鸣阵阵，令利玛窦赞叹不已。待陆万陔起来后，仆人立即禀报了他，陆万陔一听，呵斥仆人道："神父先生前来府上，为何不早禀报？还不快去准备餐宴。"仆人被吓得连忙退出屋子，在院子里找到利玛窦后，喊道："神父先生，快快请进，陆大人已在等候。"说毕，就奔着后厨而去了。利玛窦走进屋，见屋内宽敞明亮，顿感庄严肃穆之气。

那陆万陔头次见到利玛窦，着实惊喜，尽管此前他曾命人调查过利玛窦的行踪，但利玛窦的盛名他早就听闻过。他迎上前去，说道："可是利玛窦神父？"利玛窦点头回应。陆万陔忙让给利玛窦一把椅子，示意他坐下，又说："神父先生学识过人，听说曾手绘过世界地图，还能从水银中提炼出银来，如此本领，实在是不简单。"利玛窦有些不好意思，微笑着说："陆大人过誉了，我也是略懂皮毛，还望大人不吝赐教。"

"神父先生何时来的中国？"陆万陔问道。利玛窦回答："十多年了，那年我从印度前来澳门时，船上多次遇上暴风雨，险些翻船，我还不断呕吐，那个时候，我真以为自己会死了。"陆万陔说道："有神灵在上天保护神父，中国还有句古话：大难不死必有后福。"利玛窦听罢，很高兴，他万万没有想到陆万陔对他如此友好，简直就是不可思议。他激动地说道："托陆大人的福，大人平易近人，让我深受感动。"

那陆大人一听利玛窦夸赞他，心中早已心花怒放，又说："神父先生，此次来南昌，以后还要去别的地方吗？"利玛窦再三犹豫，还是说了出来："不瞒大人说，我目前就想留居在这秀丽的南昌城内，如果大人不允，我则返归广东。"这句话，利玛窦着实有些冒险的意思，他在心中暗暗赌了一把。没想到那陆大人直接说道："神父不必折腾了，就安住在南昌城内吧，我允准了。"利玛窦激动得站了起来，连连作揖，表示感谢。

这时，那陆万陔突然请求道："神父先生，有件事想麻烦先生一下，不知先生可否为我制作一个日晷和地球仪？我对此物向往至极，却久不能得，如今遇上先生，希望先生能了却我的这个心愿。"利玛窦立即就答应了下来，匆匆告别后，他很快找到了一大块玄武岩，经过近一个月的辛劳，总算制成了日晷，他还专门在日晷的下方标明：此物只适用于南昌。连带着之前他携带的地球仪，利玛窦将此二物一同给陆大人送了过去。

由于受到江西巡抚的接见，利玛窦很快成为南昌城内的名人，他常常参加各种宴请，结识了不少官员。鉴于过去的失败，他这回变得聪明起来，很少再谈论自己的宗教信仰，而是大力介绍他的记忆法与西方的人文、自然科学，这种策略让他尝到了不少的甜头。一日，一些文人请他做客。席间，在这些文人诵读完自己的诗文之后，利玛窦让他们写下好多汉字，然后他采用自己的局部记忆法，只看了一遍，就全背了下来。并且头次他是顺着背，第二回是倒着背，让在场的所有人都大吃一惊。

利玛窦告诉大家，他其实是采用了一种记忆方法，并且这种方法是完全可以教授的，于是不少人带着礼物来到利玛窦的住所前来拜师学艺。利玛窦答应了下来，他在教授的同时，夜里还抽出时间，就着煤油灯，将这种记忆法用汉语写了一本名叫《西国记法》的小书，这本小书很快就在坊间流传开来，为利玛窦带来了很大的声誉。不少官员因家中孩子要参加科举考试，而到处搜寻此书，一时间，洛阳纸贵，四处争抢。

这时间，利玛窦与那陆万陔大人和建安王朱多㸆保持着密切的联系。先说那陆万陔，当他听说利玛窦拥有这种神奇的记忆法之后，立即将利玛窦叫到自己的府上，问道："听说神父先生一目十行，且过目不忘？"利玛窦笑着说："也是依靠一种记忆法罢了，我已写成书，并给人人带来了三本，听说大人有三个儿子即将参加中国的科举考试，希望能有所帮助，如若没有什么效果，大人就让公子不要费时间阅读了。"

利玛窦呈上了三本小书，那陆万陔翻开其中一本，只见开篇就写道："人受造物主所赋之神魄，视万物最为灵悟，故遇万类悉能记识，而区别以藏之，若库藏之贮财货焉。及欲用时，则万类各随机而出，条理井井，绝无混杂。然人知能记忆，而不知所以藏贮……"陆万陔边读边翻，见书分六篇，依次为原本篇、明用篇、设位篇、立象篇、定识篇和广资篇，他震惊至极，赞叹道："神父先生竟懂得这么多，实在让我辈佩服！"

要知道，那陆氏家族居社会上层，陆万陔本就是一位才智出众的学者，二十多年前，他也正是通过一层层的科举考试取得了功名，且曾在多地任过职，如今三个儿子即将参加考试，利玛窦的这本书对陆万陔来说，就如雪中送炭一般。陆万陔满面笑容，连连向利玛窦道谢，并言说希望利玛窦有空能来亲自指点自己的孩子，利玛窦满口答应："陆大人如此厚爱我，能为大人的公子帮忙，是我应该做的事情。"陆万陔高兴至极。

如此一来，陆万陔很快就给利玛窦签发了在南昌城内居住的证明，利玛窦得到了一处房屋。因为朝鲜边境的问题，很多中国官员仍对外国人抱有猜疑心理，因而利玛窦并未像过去那样，很快建起教堂，他想目前先在南昌城内扎下根来，不断扩大自己的影响力，尽可能和各路官员打交道，直到出现前往北京的机会。一旦能在京城获得大明皇帝的允准，那他的传教必然会顺利得多，利玛窦默默在心里祈祷那一天能够早些到来。

话说这个时期，利玛窦在南昌城内如鱼得水，结识了各路人员。那建安王朱多因喜好文学，常常跑到利玛窦的住处，与他一同探讨诗文。更多的时候，都是他在通过利玛窦了解西洋文化，当得知瞿太素的女儿嫁给了建安王的儿子后，两人的关系变得更为亲密。利玛窦送给了建安王一幅西洋画作和一个日晷，那建安王高兴得很，便对利玛窦说："先生若不嫌弃，这就搬进我的府上住下，吃住我都给你管了，你看如何？"

利玛窦想到自己的事业，只好婉拒了，他说："承蒙王爷的厚爱，我虽想搬进来，可这样一来，若我的助手从广东赶来，就不方便找到我，因而我只得住在外面，以后我可以经常来王爷府上，向王爷请教。"建安王朱多虽感到有些遗憾，但还是十分开心，他说："先生不能住在我的府上，真是一份遗憾，今生能交到神父这样的人才，深感幸运。"利玛窦跟着说："王爷啊，我何尝不是，我常常想，能与王爷相交，实乃上帝相助。"

当日晚，利玛窦想了一夜，他突然意识到友情在中国的重要，如果他当初刚来南昌，就到处宣扬自己的教义，这会儿又是什么情景？基督教徒的天堂是爱的天堂，希腊人的乐园是友情的乐园，而中国理想中的乐园亦同样是今生今世的友情之乐园。深夜里，利玛窦躺在窄窄的木床上，脑海里风起云涌，很多事情扑面而来，他想自己要是能用汉语写成一本关于交友的书送给建安王朱多，或许他会帮自己实现进京的愿望。

接下来，利玛窦就一门心思投入到这本书的写作中，他找来了大量的资料，连续好多天晚上独坐在书桌前，苦思冥想，灵感来了，就立即记下来，没灵感了，就站起来在屋子里转转。他写得很兴奋，也预感到这本书可能会广受众人的欢迎。如今他已在中国生活好些年了，深悟中国文人的交友之道，他坚持在文中不谈宗教，不谈自己的信仰，只写明自己的交友主张，试图能以这本书交往到更多的中国文人。

于是他提笔写道："窦也，自大西航海入中华，仰大明天子之文德，古先王之遗教，卜室岭表，星霜亦屡易矣。今年春时，度岭浮江，抵于金陵，观上国之光，沾沾自喜，以为庶几不负此游也。远览未周，返棹至豫章，停舟南浦，纵目西山，玩奇挹秀，计此地为至人渊薮也。低回留之不能去，遂捨舟就舍，因而赴见建安王。荷不鄙，许之以长揖，宾序设礼欢甚。王乃移席握手而言曰：'凡有德行之君子，辱临吾地，未尝不请而友且敬之。西邦为道义之邦，愿闻其论友道何如。'宾退而从述囊少所闻，辑成友道一帙，敬陈于左。"

利玛窦渐入佳境，继续写下去："友之与我，虽有二身，二身之内，其心一而已。相须相佑，为结友之由。孝子继父之所交友，如承受父之产业矣。时当平居无事，难指友之真伪；临难之顷，则友之情显焉。盖事急之际，友之真者益近密，伪者益疏散矣。有为之君子，无异仇，必有善友。（如无异仇以加傲，必有善友以相资）交友之先宜察，交友之后宜信。虽智者亦谬计己友多乎实矣。（愚人妄自侈口，友似有而还无；智者抑或谬计，友无多而实少）……

"友与仇，如乐与闹，皆以和否辨之耳。故友以和为本焉。

以和微業长大，以争大業消败。（乐以导和，闹则失利。友相和则如乐，仇不和则如闹）在患时，吾惟喜看友之面。然或患或亲，何时友无有益？忧时减忧，欣时增欣。仇之恶以残仇，深于友之爱以恩友，岂不验世之弱于善，强于恶哉！人事情莫测，友谊难凭。今日之友，后或变而成仇；今日之仇，亦或变而为友。可不敬慎乎！徒试之于吾幸际，其友不可恃也。（脉以左手验耳，左手不幸际也）……

"既死之友，吾念之无忧，盖在时，我有之如可失，及既亡，念之如犹在焉。各人不能全尽各事，故上帝命之交友，以彼此胥助。若使除其道于世者，人类必散坏也。可以与竭露发予心，始为知己之友也。德志相似，其友始固。[友（注：原文为古'友'字，上下两'又'叠）也，双又耳，彼又我，我又彼]正友不常，顺友亦不常。逆友有理者顺之，无理者逆之，故直言独为友之责矣。交友如医疾，然医者诚爱病者，必恶其病也。彼以救病之故，伤其体，苦其口。医者不忍病者之身，友者宜忍友之恶乎？"

……

写下最后一句话时，利玛窦长长地舒了一口气，感到完成了一件极其伟大的工作。说实话，利玛窦心里也清楚，书中的很多内容并非自己原创，不少精彩之句都是来自于西方的典籍。但对他来说，汉语实在是太难了，尤其是发音，写东西来表达意思反而要容易得多，因为只要把西方书籍中的一些东西翻译成汉语就足以令中国人吃惊。与此同时，利玛窦还花了近一周的时间，把汉语版的《交友论》又翻译成了意大利文版。

休整了几日，利玛窦便将书稿送到了建安王朱多的府上，建安王拿到书后，一连阅读了几日，读完不禁惊呼起来："这神父竟是如此高妙，写出这样的书！"并喜得在屋内转了起来。他连连赞叹这位西洋人的才华和学识，于是马上命仆人请来了几位文友，这些人到了他的府上后，朱多将利玛窦的书稿分给他们看。没读多久，只见他们个个都发出啧啧的赞叹声。"诸位觉得如何？"朱多问道。众人一个个回答："自我读书以来，头回读到西洋人的交友论，字字珠玑，尽是良言，真乃奇文。"

那建安王朱多便提议让其中一位文人将书稿带出去印刷出版，没想到这本书迅速传遍了整个南昌城，一时间，南昌城内的文人官员，几乎无人不知利玛窦，无人不晓《交友论》。这本书为利玛窦带来了巨大声誉，博得了多数官员的信任，在他看来，此书成功的最大原因在于，他从来中国到现在都是向众人传播西方的一些器械制品和模糊的天主教义，而《交友论》则传播的是西方人对文学、才能、品德、人性的认识。

再来说瞿太素，话说他在广东与利玛窦一别后，先是去了江苏常州，后又四处浪迹讲学。当时江西境内的白鹿书院名满天下，是许多文人向往的地方，瞿太素当然不例外，他背上包袱就赶往了江西，一边赏览沿江的风光，一边过着逍遥自在的日子，这正是他向往已久的生活。他这个人，不喜固守一地，喜四处浪荡，一旦踏上航船，心情就不由自主地轻松起来。

抵达白鹿书院后，因书院位于庐山附近，四周环山，流水潺潺，遍地奇石怪岩，风趣自多，瞿太素到此后便不愿离开。他除在书院讲学之外，几乎都待在山里，过着隐士的生活，吃野果，喝溪水，倒少了日常的烦恼，好不自在。利玛窦来南昌之前，他在讲学中常向学生推荐利玛窦的学问与他的宗教信仰，言说自己的学识皆来自于西洋神父利玛窦。利玛窦到南昌后，他不巧刚刚进了庐山，这一进就是大半年的光阴。

在山中，那瞿太素常与猕猴为伴，以山林为家，不再正常作息，也不剃掉胡须。闲了他就在山中吟唱一首小调，也常在树杈上歇息，直到他觉得逛够了之后，方才离开山林，回了书院当中。一回书院，他就听说利玛窦来到南昌的消息。一时间，他竟喜极而泣，言说："何不早些告知于我？"被问的那学生深感委屈，只是低着头，不说话。瞿太素继续逼问："你怎知我师利玛窦先生来到南昌？"那学生低声说道："利玛窦先生出了本名叫《交友论》的书。"说毕，便将自己手中的那本交给了瞿太素。

那瞿太素颤抖着双手接过书本，他边流泪，边翻书，仿佛其师利玛窦正在面前站立着。他干脆坐在台阶上，一口气读完了利玛窦的这本著作，赞叹道："了不起！当年在广东时，先生对汉语的理解尚有困难，如今几年不见，竟是如此熟稔了，这书可与李太白之诗相媲美啊。"他站了起来，连衣服上的土都没拍，径直就朝着南昌城的方向奔去了。他并不歇停，遇上农人的牛车，就坐了上去，一路摇摇晃晃地到了南昌城。

一进城，瞿太素逢人就问："可曾知道利玛窦?"很多百姓均摇摇头。他继续往前走，直到遇上一群正在遛鸟的公子，他上前便问："可曾知道利玛窦?"其中一位公子转过身来，回答："利玛窦神父，大名鼎鼎，这南昌城内谁人不知?"瞿太素激动地说："公子快快告知于我，那神父先生如今住在何处?"公子带他走到街中间，给他指了方向，瞿太素连连道谢之后，就匆匆前去寻找了。

到了方才那公子所指的地方后，瞿太素推门直接走了进去，里面有两位年轻的传教士正在收拾屋子，瞿太素问道："利玛窦先生去哪里了?"其中一人回答："建安王朱多㸅叫去了。"瞿太素一听，就高兴起来，要知晓建安王乃自己的亲家，其子几年前娶了他的爱女。瞿太素便在屋内等候他，直到傍晚时分，利玛窦才回了房间。他并未认出瞿太素，言说："你找何人?"瞿太素笑着说："先生快好好认认!"

利玛窦迎到跟前，看了看说："是太素?"瞿太素大声说："神父先生，正是我啊。"利玛窦详细瞧起面前的瞿太素，只见他穿着破旧的衣服，脸上胡子拉碴，尽是倦意。利玛窦问："啊呀，太素，你这是去了哪里，怎么……"那瞿太素哈哈笑着说："不瞒先生说，我常年隐住在庐山中，与野人无别了。"利玛窦听毕，也笑起来，说："知你是向往逍遥自在之人，在山林中才能如鱼得水呀。"瞿太素也跟着笑了一阵。

　　两人由于长期未见，那日夜里，一直畅聊至天明。瞿太素突然想起一事，便问："我在白鹿书院内见到先生的《交友论》一书，实在是不简单，先生何以想起写这么一本书？"利玛窦沉思了片刻，说："也是一时兴起，没想到这本书竟受到广泛关注。现在书虽已印刷，我仍觉得不甚完美，你若不嫌，能否写一序言，也以纪念你我二人的深厚情感。"瞿太素当即就答应了下来，他打趣道："只怕神父嫌弃我的文采喽。"

　　答应下此事后，瞿太素连夜就写好了序言，利玛窦将序收入了《交友论》内，进行了再版。那陆万陔拿到新装订的《交友论》后，言说："虽是西洋人士，却对中文如此有研究，堪称西儒也。"一时间，西儒的称呼被传遍。利玛窦觉得，尽管目前取得了一些成绩，但距离自己的目标还很遥远，自己仍然需要不断寻找进京的机会，因为只有在京城内，才可能被大明皇帝召见，瞿太素则让他不要着急，一切乃天意，顺其自然。

　　某一日，利玛窦正在睡觉，突然因想起某事而恐慌起来。他坐起身，想到如果自己不努力，日子或许就会这么缓缓流逝，那进京之梦何时才能实现？于是，他赶忙跑进瞿太素的房间，喊道："太素，太素，醒醒！"瞿太素正睡得香甜，被惊醒，迷迷糊糊说道："先生，这大清早的，出了什么事情？"利玛窦一脸惊慌的样子，说："也不是什么特别要紧的事情，只是我觉得如果我就这么在南昌待下去，或许进京之梦就真的成了梦了。"

瞿太素哈哈大笑起来，穿上鞋子下了床，又倒了一杯水喝了，坐下后，才说："神父先生如此着急，就为了这事？"利玛窦惊道："这事不够大吗？"瞿太素笑笑，说道："这是你的终极理想，可也得一步一个脚印地往前走呀。"利玛窦叹了口气，说道："今晨起来，突然想到如若如此自在下去，时光逝尽了，我仍未抵达京城，该如何是好？"瞿太素抬起头，看着利玛窦说："你说得极是，可是眼下你想着该做些什么？"

"太素，你看这样行不？你与那建安王朱多本为亲家，我想他既是王爷，定有不小的权力，也有面见大明皇帝的机会，如果他能进京代我向皇帝请示，说不定我就能得到允准，你能否前去他的府上与他说一说？"利玛窦如是说道。瞿太素一听，面露难色，想了想，说："好是好，只是这着实叫我为难，不好开这个口啊。"利玛窦笑着说："亲家也是一家人，有什么为难的，你知晓我为进京花了多少努力，这个事情，你当前往之。"

瞿太素只好同意，他用过早点之后，就只身前往建安王朱多的府上了。那建安王正在院子中散步，见瞿太素前来，惊喜地迎了上去，连忙说道："今儿这是什么风把我的亲家给吹来了。"他一边说一边笑。瞿太素说："王爷真是好雅兴，在这院子中晒着太阳，散着步，好不自在啊。"朱多哈哈大笑起来。笑罢后，他说："快进屋内说，来人呐，快给太素先生沏茶，沏上等的茶！"二人你让我，我让你，先后走进屋内。

坐定后，那建安王朱多先开口，说道："听闻亲家一直在庐山中隐居，很少出来，不知生活得如何?"瞿太素说:"山内风光自好，只是我身上俗气太深，仍不得神明的启示。"朱多说:"亲家如此谦逊，不愧是治学之人。你何时来的南昌城? 为何不提前告知我一声，让我好去备些酒肉给你洗尘呀。"瞿太素大笑道:"王爷事务繁忙，怎能轻易来打搅? 我的老师利玛窦神父，你可认识?""熟人，熟人!"朱多说道。

瞿太素说:"我曾在广东拜利玛窦神父为师，他教会了我很多稀奇的学问，如今知他来了南昌，我便立即从庐山赶了过来。"建安王朱多说:"原来如此，神父才学过人，最近又写了一本《交友论》的书，读过之后，佩服至极。"瞿太素转过话题又说:"今日来王爷府上，有一事相求，正是神父先生的意思，也不知当不当讲?"朱多连忙说:"你我二人乃亲家，有话尽管说就是了。"

瞿太素便说:"不瞒你说，神父一直以来的梦想就是希望能够进到京城内，你也知道，如今内地不允许西洋人长期居住，他十多年前不远万里从西洋而来，志在于中国传播自己的天主教义，希望能让上帝的光芒照耀中国人间，而到现在，却不得机会前往。你乃皇族，定有进京面圣的机会，不知你能否进京一趟，替神父美言一番?"话一毕，只见那建安王神情失落，连连摇头。见此，瞿太素也只是观望着，等待那朱多的言语。

那朱多沉吟片刻，目光游离起来，他朝门外看了看，又将左手从桌子上挪到腿面上，接着说道:"亲家呀，这个事，这个事，该怎么向你说呢，不是说我不能进京，而是这路途遥远。我这家中，你也知道，上有老下有小，我一走，家里就乱了阵脚，我不能走啊。”说罢，便将头扭向另一侧，并不看坐在一旁的瞿太素。瞿太素看出了朱多的心思，他这显然是不愿前往，故意搪塞罢了，便说：“如此看来，王爷就是不愿帮这个忙喽。”

这话一出，那朱多惊得转过了身，连忙说道：“亲家呀，你明明知晓我的难处，却偏要如此说，我并非不愿帮你，只是，只是如今我在南昌，此地生活甚好，如若前往京城，遇上了新的麻烦，回不来南昌该如何？你清楚，那紫禁城内钩心斗角，这你是知道的。”瞿太素沉思了片刻，说道：“我明白你的意思了，你说得也有道理，如此一来，神父先生也唯有找寻其他的机会北上了。”朱多点点头，说：“多谢亲家公的理解。”

瞿太素与那朱多客套了一阵就离开了，出门前，朱多劝着瞿太素说：“亲家尚未吃午宴，就要走了？”瞿太素回过头说：“神父先生还在住处等我消息，我得尽快回去告知他，他日等我空闲下来，一定来王爷的府上，好好吃上一顿。”朱多笑了，就说：“那你可别食言啊，我就在府上候着你。”瞿太素答应后，转身就走了，他想起利玛窦神父这些年来四处飘荡，居无定所，均是看官员的脸色行事，不免伤感起来。

话说那时，利玛窦也等得焦急，在屋内来来回回踱步，想着瞿太素能否将此事说成，事一旦成了，他的进京之梦就指日可待，可一旦不成，何日才能进京，又是一件令他头疼的事情。因而，他这会儿焦急地盼着瞿太素带回消息。正在这时，瞿太素猛地推开门走了进来，一脸的不高兴，利玛窦顿时就猜到了结果。他忙让瞿太素坐下，还是问道："太素，情况如何？"瞿太素只是摇摇脑袋，并不言语。

利玛窦见状，知瞿太素心情不好，也坐定下来。过了一会儿，瞿太素缓缓说道："我对不住神父先生，事没有办成，对不住先生啊。"利玛窦赶紧说道："看你说的什么话，你我亲如兄弟，你能帮我跑这一趟，我就已感激不尽，怎还能责怪于你？再说是那建安王朱多不同意前往北京，与你何干？太素千万不要自责啊。"瞿太素说道："正如你说，这个机会失去，不知何日才能进京了，现在该如何打算？"利玛窦说："听天由命吧。"话音极其悲凉。

这之后，利玛窦神情消极，很少再出门见客，整日与瞿太素在周边吟诗闲逛。天无绝人之路，就在这时，他们从他人口中得知了一个消息，说朝廷现在要将前南京礼部尚书王忠铭从海南老家召回，重新任职。利玛窦觉得这是一个好消息，便对瞿太素说："这位礼部尚书现住在海南老家，他必途经韶州一带，能不能让居住在韶州的郭居静神父拜会一次，争取进京的机会？"瞿太素一听，觉得是个好办法，说道："就这么办。"

利玛窦连夜就给郭居静写了封信，第二天清早寄了出去，请郭居静在那王忠铭大人途经韶州之时，前去拜见他，提出一同进京的想法，并务必在那王大人之前赶到南昌城内，一同协助他开展工作。郭居静接到信后，也是喜极而泣，话说他在韶州一直小心翼翼地打点日常工作，对内陆的生活心向往之，看到利玛窦叫他前往南昌的信，竟生出几分感慨来。

当那王忠铭路过韶州修整之时，郭居静立即前往他的住处拜会了他。王忠铭的仆人将郭居静带了进来，告诉王忠铭有个洋和尚找他，那王忠铭见了郭居静后，问道："你是？"郭居静说道："王大人，我是从天竺国来的传教士，我的师傅利玛窦你可认识？"王忠铭问道："可是利玛窦神父？""正是。"郭居静说。那王忠铭站了起来，说道："怎能不知，人人都传那神父神通广大，学识渊博，别人还送过我一本那位神父所写成的《交友论》。"

郭居静说："如此甚好了，不瞒大人所说，我此次来拜见大人，正是受利玛窦神父的嘱托，他目前生活在南昌城内，希望能见到大人。"王忠铭说："所托何事？"郭居静故意隐瞒了传教的目的，说："大人请听我细细讲来，十多年前利玛窦神父从天竺来到中国，希望能有朝一日觐见大明皇帝，并送上我们带来的珍贵礼品，以建立我们之间的友谊，然而十多年过去了，我们尚未进过京城，更别说见到皇帝了。"

王忠铭感慨道："原来如此。"并说："那你希望我做些什么？"郭居静沉稳地说："大人若方便，可否带上利玛窦神父一同北上进京，以献上我们从西洋带来的珍贵礼品。"王忠铭想了想说："此事倒是好，可我仍需在南昌见了利玛窦神父，细细商量一下此事，然后从长计议。"郭居静一听，激动起来，说道："让大人费心了，利玛窦神父已告知我，他现在就在南昌城内恭候大人的到来。"说毕，郭居静就走了。

回到教堂后，郭居静整顿好行李、安排好教堂的工作后，连夜就往南昌城赶去了。话说那时，利玛窦与瞿太素整日在南昌城内游逛，聊诗文，谈未来，好不痛快。这期间，利玛窦还收到了前段时间向宗教会申请到的西洋礼品，包括油画圣母像、能报时的自鸣钟、耶稣画像等。利玛窦将礼品细心保存了起来，以备等那王忠铭到了南昌之后，拿出一两件前去拜见。他和瞿太素两人的心情可以说是焦急的同时，也充满了期许。

等候王忠铭来南昌的这段时间，利玛窦和瞿太素正好赶上了江西乡试，许多秀才从各地提前赶到南昌来，因为之前阅读过利玛窦的《交友论》和《西国记法》两本小书，所以一到南昌安顿下来，他们就前来拜访利玛窦。慕名而来的秀才非常多，令利玛窦应接不暇，他和瞿太素二人一一进行接待交流，直到秀才们离开。其中就有这么一位秀才，见到利玛窦后，当即跪下，要现场拜利玛窦为师，并要接受天主教的洗礼。

利玛窦忙将秀才扶起，那秀才却说："神父先生若是不收我这个弟子，我就跪在这里不起来了。"利玛窦哭笑不得，侧身看向一旁的瞿太素。瞿太素笑着说道："神父先生如今大名鼎鼎，人家慕名前来拜师，怎有不收之理？"利玛窦只好说："拜我为师当然可以，我也可以教授你一些学问，但加入我们的教会，你可以再考虑考虑，如果家人都同意了，我们非常欢迎。"那年轻秀才当即站起，非常高兴。

两日后，利玛窦头次见识了中国乡试的场面，只见考生手拿文房四宝，纷纷踏入考场，一旁鸣锣打鼓，甚是热闹。半个时辰后，锣鼓停息，考场变得安安静静，听不到丝毫嘈杂的声息。见此场景，利玛窦甚是震惊，对一旁的瞿太素说："想不到中国考试竟是如此严明。"瞿太素则说："科举制度自设立以来，便层层选拔，产生各类官员。如今与你一同参观这个考试，我竟不由地想起自己当年的考试情形，实在是惭愧得很。"

利玛窦又问："这个考试是否好考？"瞿太素说："考试要写八股文，从内容到篇幅皆有严格的要求，主题也被加以限制，如此种种的苛刻规矩，好比杂技和杂要表演，稍不小心，就是万丈深渊。但凡考中的人士，几乎都是从这场辛苦的折磨里熬过来的，都要蜕一层皮的。"利玛窦问："只考八股文？"瞿太素点点头。利玛窦感叹道："难道不考算术、哲学、天文学等学科吗？"瞿太素说："这些东西都不涉及。"利玛窦连连叹息。

两人继续闲转了片刻，也就回去了。接着便是漫长的等待，等待那王忠铭的到来。一个月后，郭居静先到达了南昌城。一见郭居静，利玛窦和瞿太素立即迎上去，三人热泪盈眶，一时竟泣不成声。利玛窦紧紧拉住郭居静的手说："居静神父啊，当初一别就是好些年啊。"郭居静满眼泪水，双手颤抖起来。这一个月以来，他既走水路，也走旱路，不歇不停，饿了，就啃点随身带的硬馒头，渴了就在溪水边掬水喝。

利玛窦看着眼前满面倦容的郭居静，说："让你受苦了，以后就留在我的身边，我们一同承受这折煞人的痛苦吧。"三人相拥一阵，就进了屋。吃过饭后，郭居静说："那王忠铭大人估计隔几日就到南昌。"利玛窦问："你们在韶州见面如何，顺利吗?"郭居静说道："那王忠铭大人早闻你的声名，我见他也早有和你相见的想法。我在韶州拜会他后，他答应一到南昌就来寻你，一同商讨进京事宜。"瞿太素笑着说："如此甚好了。"

话说那王忠铭果真如郭居静所言，一到南昌就命人前来找寻利玛窦，利玛窦和瞿太素、郭居静便一同前往。王忠铭正在陆万陔的府上，他们三人到了后，发现建安王朱多等很多的南昌熟友皆在场。陆万陔向王忠铭介绍了利玛窦和瞿太素，王忠铭站起来说："久仰神父大名，今日有幸在南昌相见，实乃缘分。神父神采奕奕，气象非凡，让人钦佩。"利玛窦回道："大人过奖了。"陆万陔招呼着一桌人纷纷坐下，氛围好不热闹。

利玛窦见此情景，觉得在这里谈论进京之事并不合适，便只字不提，等待这宴会过了之后再说。那席面上，众人杂七杂八，说了很多，却大多是些轻松的俏皮话。利玛窦三人坐在这里，感到极不舒服，毕竟心里装着事儿，他们盼着这时间快快过去，好结束了这宴会，谈自己的正事去。那王忠铭或许是看穿了利玛窦的心思，他前后思量了一下，于是在宴会结束后，吩咐人将利玛窦三人私下叫到了他下榻的房间里。

利玛窦又返回了住处一趟，将要送给王忠铭的礼品带了过来。三人一同进门时，那王忠铭刚端起一杯茶在喝，见到他们三人，便将茶杯放在桌子上，言说："快快请坐。"三人依次坐下，还是那王忠铭率先开口，他说："神父三人在南昌生活得可好？"利玛窦说道："托大人的洪福，一切都顺利。"瞿太素和郭居静坐在一边并不言语。见无话可说，那王忠铭继续说："在韶州时，听这位神父说你要进京面圣？可有此事？"

那王忠铭目光如炬，射出一道深邃的光芒。利玛窦郑重其事地说道："王大人，请听我说来，十多年前，因仰慕中国灿烂的文化，我从天竺国远洋万里来到澳门，这么多年来，我日日渴盼能见到大明皇帝，向他献出我们最为珍贵的礼物，以建立友好的关系。"利玛窦说得极其动情，一想到这么多年来的岁月流逝掉了，心里竟生出许多的伤感。见王大人陷入深深的思考当中，利玛窦赶快将要送他的礼品拿了出来。

"王大人，这是我们一点小小的心意，这是一幅油画，这个是一件玻璃三棱镜，希望大人能笑纳。"利玛窦对那王忠铭说道。王忠铭见到礼物，拿在手里细细看了一遍，之后将油画放在了一旁，细细把玩起那件三棱镜，甚是感兴趣。光线从门外射进来，照到三棱镜上，那三棱镜便闪出夺目的光色，好看得很。他在心里想，这或许是一件有价值的宝石，心里稍稍有些窃喜，随即问道："真乃一件罕见的宝物，那你们打算给皇上送什么？"

　　利玛窦又将给大明皇帝准备的礼品统统拿了出来。那王忠铭看了之后，非常高兴，尤其是对那件雕刻在木板上的世界地图产生了浓厚兴趣。他心里想，若是能带着他三人进京，并把这些礼品送给皇上，皇上一高兴，或许还能升自己的官呢。于是满意地说："神父啊，你所携带的东西，个个都是宝贝，必须得送给皇上啊。我决定了，不仅要带你们前往南京，更要带你们进京面见皇上。"听了此话，一旁的利玛窦三人激动得差点流下泪水。

　　那王忠铭继续说道："今年八月十七，正是皇上的生日，这是一个向皇帝献礼的大好时机，这些礼品是皇上过去从未见过的，送给他，他一定会非常高兴的。"利玛窦和瞿太素、郭居静三人连连道谢。王忠铭心里也对这一天比较期待，希冀能讨得皇上的欢心，便又说："你们三人回去后快快准备，我们明日清早就一同出发，先到南京城，然后直奔北京城。"利玛窦三人再次道谢后，便怀着激动的心情离开了。

　　回到住处后，三人匆匆收拾了行李，利玛窦对瞿太素和郭居静二人说："你们说，我们如此仓促离开南昌，好吗？要不要跟陆万陔大人和建安王朱多道别？"瞿太素立即说："依我看，还是不要说了，万一受到他们阻拦，就又添了新的麻烦，不如直接走得了。"利玛窦想了想，同意了。第二日一早，他们在江边雇了一条船，就匆匆出发了，因和尚书大人一同前往，他们也并不担心。后来的事情又如何，欲知结果，请详听下回分解。

第六章

≈

冰冻的大运河

　　话说利玛窦、瞿太素和郭居静所乘的小船，与那王忠铭的船只相遇后，立即就赶赴了南京城。利玛窦去心似箭，一路开心异常，与瞿太素、郭居静两人聊了不少轻松的话题。不几日，船就驶到了南京城，下船后，利玛窦感到十分亲切，毕竟自己曾来过这里，尽管此前并不怎么顺利。

　　前来迎接王忠铭的人私下告诉王忠铭说："王大人，如今中国与日本在朝鲜战事再起，南京城内到处在搜捕外国奸细，你带洋人进城，恐会遭到非议。"那王忠铭一听，前后思量一阵，想在这特殊时期，带利玛窦进城或许真会带来麻烦。于是他遣人将利玛窦唤到自己跟前，说道："神父先生啊，实在是对不住，我刚听那南京方面的人言说，如今中国与日本在朝鲜问题上关系紧张，城内正在搜捕奸细，你现在进城，恐会遭到逮捕。依我看，你此次行程也是为了进入北京，不如你和瞿太素、郭居静三人就待在这船舱里，等我办完了事情，立即返回来，我们再一同出发也不迟。"

利玛窦觉得那王忠铭说得在理，便答应了。于是王忠铭带人进了南京城，利玛窦则和瞿太素、郭居静回到了晃晃悠悠的船舱里，在炎炎烈日中等候王忠铭返归。瞿太素在王忠铭走后，直骂道："都是些唯利是图的东西！"利玛窦心中虽有些许气愤，却不言不语，一任汗水从额上流淌下来，也不擦拭。这几日，对他们来说，确实极其煎熬，利玛窦甚至觉得那王忠铭或许不会回来，扔下他三人已经北上了。

瞿太素不时骂道："那王大人要是丢下我们已经北上京城了，我们还在这里等什么？"利玛窦只好劝慰瞿太素说："再等等，我相信王大人应该会回来的，他答应过了。"瞿太素热得浑身冒汗，接着骂道："万一那王大人不仁不义，出尔反尔，我们也是没有一点办法的。"利玛窦觉得瞿太素说得也有道理，只是他隐隐中感觉王大人应该不是那种人，毕竟还收下了自己送的珍贵礼品，如果真像瞿太素所言，那真就太过分了。

再说那王忠铭，一进南京城，就有许多官员前来拜见。他回到府上，总督赵可怀听闻消息后立即赶到王忠铭的住处，还给王忠铭带来了一份礼物，是一幅世界地图的摹本，王忠铭拿来细细一瞧，发现竟是利玛窦绘制的那幅，顿时大笑起来，说道："老赵啊，你可知绘制这地图之人？"赵可怀说："利玛窦呀，当然知道。"王忠铭再次大笑起来，说："此人正在南京城外的船舱内，他将与我一同前往北京。"

赵可怀惊讶道："真的呀？老兄可知，我早就想拜访这位神父先生了。"王忠铭说："改日我让他前往你的府上，此次我急着去北京面见圣上，必须得赶在皇上的生日之前才行。隔几日，你让那利玛窦先暂住在你的府上，如何？"赵可怀一听，连连说好。赵可怀走后，王忠铭就去见了利玛窦，三人一见王忠铭前来，非常高兴，王忠铭说："由于事紧，我将先沿旱路赴京，你们稍后可乘快舟前往。我已将你介绍给总督赵可怀，你三人可暂居在他的府上，修整上几日，就可以出发了。"

利玛窦连连感激。王忠铭临走前，又告知利玛窦，让他一定要与总督赵可怀建立起良好关系，并说此人以后或许能有助于他。利玛窦道谢之后，王忠铭就离开了。瞿太素说："机会难得，我们必须得立即赶往那赵可怀的府上才行。"三人便匆匆下船，直奔总督的府上。赵可怀很高兴，盛情款待了他们，连说要他们多住些天。利玛窦送给了赵可怀几件西洋礼品，赵可怀笑着说："此前我就已收藏了神父绘制的世界地图。"

利玛窦他们三人在赵可怀的府上住了十天。这十天里，他们谈经论道，利玛窦也给赵可怀讲述了很多西洋方面的事情，令赵可怀大开眼界，两人从此建立起了深厚的友谊。赵可怀很希望利玛窦能给他制造一个日晷，但利玛窦告诉他，自己必须得赶紧奔赴北京才行，等他以后回到南京了，再制作一块也不迟，赵可怀只好依依不舍地送走利玛窦。三人离开后，乘船沿着大运河不歇不停，一路北上。

大运河给利玛窦留下了深刻的印象，他对这条中国历史上用人力开凿的河流震惊不已。站在船上，两岸林木丛生，河流清澈见底，令人赏心悦目。瞿太素对利玛窦说："神父先生，震惊吧？哈哈。"利玛窦说："真不敢想象人力如何能开凿出这么长的河床？"瞿太素说："中国历来多暴君，秦王朝时，曾修筑了令世界震惊的长城，全是用一块又一块的大石头在山顶上垒起来的。"利玛窦说："曾经的苦力工程，如今却造福于人了。"

到北京时，已是一个月之后了，站在城外，望着那高高的北京城墙和城楼，利玛窦竟当场流下热泪。他说道："这就是北京城啊，我朝思暮想的地方，为来此地，我足足等了十多年啊。"瞿太素安慰利玛窦，说："神父先生不必伤感，你的付出终究没有白费，我们总算来到了北京。"他们一刻都没耽搁，立即找到了王忠铭。王忠铭将他三人安顿在了自己的住处，并言说："你三人耐心等上几天，一旦机会成熟，我就带神父去觐见皇上。"

王忠铭果未食言，他找来了自己熟识的一名太监，向他表明了利玛窦想觐见皇上的想法。那太监来来回回打量了利玛窦，用尖细的嗓音说道："皇上岂是谁想见就能见的？你是何人，为何要面见皇上？"利玛窦赶紧说："我从西洋而来，传经授道，希望能向大明皇帝敬献我们最为宝贵的礼物，以建立我们深厚的友谊。"那太监听罢便说："礼物何在？拿来让我瞅瞅。"利玛窦连忙将要献给皇上的西洋物品拿出，一一摆在那太监的面前。

那太监将每件礼品拿起来看了看，这些东西他此前从未见识过，因而觉得很是稀奇，心中大为满意。但他早就听说过利玛窦有能将水银变为银子的本事，可利玛窦现在却只字不提，他又不好意思当面问，心中大为恼火，便放下手中的西洋礼品，故意刁难道："王大人，你难道就没听说中国现在正与日本发生战争？难道不知道北京城内禁止外国人入内？万一那坏人混进城，伤了皇上你可担当得起？"

王忠铭一听这话，脸上一阵白一阵紫，很不好看，这才觉察到问题的严重性，后悔将利玛窦等人带到北京城来。待那太监刚一离开，王忠铭就对利玛窦说："神父先生啊，你也看到了，不是我不留你，现在风声正紧，你若留在这里，恐会遭到不测。"王忠铭并未说出害怕利玛窦三人连累自己的话，但利玛窦却听得出来。利玛窦犹如被打了一记闷棍，头昏脑涨，这刚刚才来了北京，还没留几天，却又被赶走，他真是无法接受这个已经摆在他面前的现实。

利玛窦闷头离开了，王忠铭跟出来，大声喊道："神父啊，你先暂且回南京，等我办完事情回来后，我们再从长计议。"利玛窦心中不服，背着那王忠铭租下一所房子居住下来，打算再想别的办法给皇帝送上礼品。而王忠铭这边，却因朝廷"来京为皇上祝贺寿辰的官员必须一个月内返回任职的地方"的规定，他在皇帝寿辰之后就匆匆返回了南京。而利玛窦还在想着各种办法和渠道，但因在这北京城内并无一个熟人，事情仍是毫无进展。

在某个阴雨绵绵的一天，利玛窦、瞿太素和郭居静三人怀着失落的心情，怏怏不乐地踏上一条开往南方的船只，离开了这块他们向往已久的地方。利玛窦立在船头，双手背在身后，面朝北京的方向，一时间，连日来的酸甜苦辣猛地涌上心头，令他怅惘不已，泪流满面。"北京啊，北京!"利玛窦发出两声沉闷的叹息，让一边的瞿太素和郭居静也难受得落了泪。头几日，在船上他们很少说话，都知道利玛窦心情不好，很少去打扰。

这条船是普通民用船只，航行得很慢，一路上歇歇停停，甚是熬人。走了一周多，才出了北京范围。利玛窦感到空虚至极，他将瞿太素和郭居静叫过来，言说："按照目前的速度，恐怕还得两三个月才能到南京吧，如此下去，不是个办法，不如我们修订上一部汉语字词表，以供后来的西洋人学习汉语。"两人一听，都觉得这是个好事情，于是他们三人立即在船上展开这项工作。在分清声调和清浊的基础上，他们用拉丁字母为汉语注音，并规定后人都必须这样进行读写。

他们三人编得津津有味，竟忘却了失败的痛苦。利玛窦在编这本书的同时，还修订完成了"四书"的翻译和注释，这对后来的初学者帮助很大。似乎也正是从这时开始，新来的传教士不再同时学习文言和白话，而是先学口语，再学书面语言，当然，这都是后话。

　　船开到山东临清的时候，已是隆冬，寒风萧瑟，河床开始结冰，船根本无法行走。因携了不少行李，如若乘船至少也得等上四五个月，第二年开春后方可前行。利玛窦不愿浪费时间，就让郭居静留守，他和瞿太素则先走旱路。北方的冬季特别冷，风呼呼地刮着，他二人一路骑马，还没走多久，就都患上了严重的痢疾，几日下来，身体消瘦了不少。他二人只能继续牵着马，顶着寒风，穿行在乡间的小路上。其时，北方已下大雪，四周白雪皑皑，银装素裹，天地连成一片，甚是辽阔。利玛窦说道："十多年了，想不到竟在这时才目睹了北国雪景。"瞿太素喘息着说："好我的神父先生啊，都这个时候了，你还有这心思。"利玛窦转身朝着瞿太素笑了笑。

　　过了几日，利玛窦感到身体越来越虚弱，几乎连走路的力气都没有了，且发起了高烧。瞿太素见此状况，带着利玛窦在沿路的客栈里休息了几天，等利玛窦恢复后，他找了两个推木轮车的。两人坐上去，一路畅聊，感到非常舒坦。瞿太素说："神父先生啊，依我看，这次就不要回南京了，那里熟人多，反而不好行事，不如先到我的老家苏州待上一段时日。"利玛窦当即就同意了，言说："真不知该如何谢谢你了，此次行程，让你跟着我受了不少罪。"瞿太素连连说道："你我二人，不要见外。"

抵达苏州的时候，二人已经筋疲力尽了。一到家，二人长舒一口气，瞿太素说："到了，到了，真没想到还能活着回来。"修整了一个月后，两人终于恢复了过来。苏州的文化，让利玛窦觉得这是传教的最佳住处，瞿太素的家人也劝他不要再去南京，虽然南京近在咫尺，但由于官员太多，无论得罪了哪一位，都有被驱逐的危险。于是利玛窦在苏州待了下来，但他还是觉得太拘谨，便在这年的春节期间，和瞿太素一同走水路到了南京。

利玛窦前往王忠铭的府上拜访，并受到了热情的款待。王忠铭对自己将利玛窦遣回南京一事，心中总是过意不去，说："神父啊，你我在北京时，我让你返回南京，可那不是我真实的意思啊，你也看到了，那时京城风声正紧，随时都有被抓捕的可能，我让你回来也是万不得已啊。"利玛窦笑着说道："王大人，我理解，您太客气了。"话说那时，整个南京城都在谈论王忠铭带利玛窦去向皇上献珍宝，人们认为此行未获成功是由于抗倭战争，很多人都想一睹方物，尤其是那座被人们神化了的自鸣钟。

利玛窦和瞿太素这段时间接待了不少的朋友，有过去的朋友，也有新结识的朋友。尽管利玛窦此次回到南京，受到了各界的欢迎，但仍未想着永久在南京城内定居下来，他觉得就像瞿太素家人说的，南京虽大，条件便利，但毕竟是非多。就在利玛窦犹犹豫豫之际，当年的元宵节前夕，王忠铭身着盛装官服，以全套的传统礼仪隆重邀请利玛窦和瞿太素一同前往他的府上过节，礼部尚书给予他如此大的礼遇，让利玛窦本人深感吃惊。

元宵节那晚，他二人到达王忠铭的府上后，只见那里云集了很多当地的高官，包括礼部侍郎、刑部尚书、户部尚书等，利玛窦一一与他们结识。当听闻利玛窦过几日便要回苏州时，那几位大人都感到遗憾，纷纷劝道："神父先生啊，你刚从北京回到南京没几天，就要离开，实在遗憾啊，依我们看，不如就留在这南京城内，日后定居于此，做什么都方便些。"面对这些人的轮番挽留，利玛窦只好言说暂时不再考虑前往苏州定居之事。

隔几日，利玛窦打算在南京城内租住一处地方，王忠铭不断建议利玛窦买一处房子，以后永久住下来，但利玛窦觉得时机尚不成熟，还是按了自己的想法。新居启用后，来客络绎不绝，当时的名士李贽也前来拜访，并与利玛窦和瞿太素结为好友。

话说那李贽此前就曾多次听闻利玛窦，并在某次集会上亲眼见识过利玛窦的学识，因自己年纪较大，不便在大庭广众之下表达对利玛窦的仰慕，于是就在集会后专程前来拜访。其时，李贽已年过七旬，愤世嫉俗，是一位地地道道的中国文人。利玛窦见李贽前来，大感意外之余，又极为高兴。他迎上前去，扶住李贽的双手说道："先生啊，早闻您大名，我还准备改日专程去拜访您，不想您却先于我来了。"李贽一听，也颇为感动，说道："神父大名鼎鼎，我虽年事已高，但仍对各路学问深感兴趣，希望能同你深入交流。"

李贽赠给了利玛窦一把纸折扇，扇上有他亲笔题写的诗："逍遥下北溟，迤逦向南征。刹利标名姓，仙山纪水程。回头十万里，举目九重城。观国之光未，中天日正明。"利玛窦读罢，深受感动。当日晚，利玛窦、瞿太素与李贽三人畅谈宗教，李贽提了不少问题，利玛窦长篇回答，三人相谈甚欢。后来，李贽还在利玛窦的住处居住了几天，聊了很多的话题，他还命自己的弟子抄写了多份《交友论》，分送给湖广的众多弟子。

李贽走后，南京城便传来好消息，言说发动中朝战争的太政大臣死了，临死前他命日军撤出了朝鲜，困扰大明王朝多年的战争终于结束了。听罢此消息，利玛窦喜极而泣，他告诉瞿太素说："这下好了，这下可好了！再也不必担心那禁令了，真乃大好消息，大好消息啊！"瞿太素也兴奋地说道："好久没有听到过如此令人激动的消息了，真值得好好庆贺一番啊！"利玛窦说："这下就待出现进京的机会了，进京之事也不会像以往那么艰难了。"

开春后，南方的天气日益变暖，大地也呈现出一派生机勃勃的景象。恰在这时，郭居静乘船抵达了南京，利玛窦又惊又喜，觉得这下传教人员已到齐，是时候在南京买一处房屋，建立一个固定的传教点了。四处打问之后，那工部尚书对利玛窦说他新近盖了一处房子，却因被传长期闹鬼，两三年都没人敢住。他还言说，如果利玛窦愿意，只付一半价钱便可买走。利玛窦却笑着摇起头来，言说自己目前尚未有这么多的钱，那尚书便答应利玛窦先付一半的钱，剩下的日后再说，利玛窦大喜过望，不几日，就随同瞿太素、郭居静一同搬入了新住所。

利玛窦新买的房屋位于南京正阳门内崇礼街，离城中心很近。那工部尚书很快就给利玛窦送来一张买卖文契，并在房屋门口张贴了一张告示，禁止任何人来干扰这所房屋的新主人，文契和告示上都盖有官府的印章。利玛窦迁居新屋的第一天夜里，就在客厅设置了一座神坛，并在神坛前念诵祷告词，然后手持十字架，走遍整个屋里屋外，到处洒下圣水。利玛窦入住这所房屋以后，再没有发生过闹鬼的事。

安顿下来后，利玛窦想起曾答应过不少南京的官员，许诺向他们展示将要献给皇上的礼品，于是他将自鸣钟、圣母画像、地球仪等物品一一陈列在了客厅，不想消息一经传出，前来参观的人便络绎不绝。不光是在南京城内的，甚至连周边一些地方的人都跑来看稀奇。几日下来，消息越传越广，来人更加多起来。他和瞿太素、郭居静都感到疲惫不堪，到最后，只得硬着头皮拒绝。一日晚上，他们悄悄地收起礼品，宣称不再向外展示了。可让利玛窦感到头疼的是，来者仍是络绎不绝，丝毫没有减少的迹象。由于他们的住处人员实在太少，难以经管起这么多的事务，利玛窦担心会把这些贵重的物品弄丢了。

利玛窦无奈地对瞿太素和郭居静说:"当初完全是为了兑现自己的诺言,却不想招来这么多的烦恼。这些东西终究是要献给大明皇帝的。依我看,目前战事已平息,政治环境相对稳定,正是给皇帝献礼的大好时机,可现在我们的经费根本无法保证日常开销。不如这样,居静神父,你就辛苦一趟,带着自鸣钟回澳门,一来想办法筹点钱财,二来再想办法弄些西洋礼品,然后即日返回,等时机成熟,我们便一同进京。你二人觉得如何?"

瞿太素和郭居静都点头表示同意。利玛窦又说:"圣母画像和三棱镜等礼品放在这里,也不安全,我也须得尽快将它们带出去,放在某位官员的府中,这样一来,会安全一些。"但当利玛窦将礼品带到专门看管贡品的朱氏的府上时,朱氏觉得这些礼品太过贵重,万一丢失自己担待不起。见朱氏犹犹豫豫,利玛窦只好言说如果礼品丢失了也与朱氏无关,朱氏听罢,思量片刻,仍是有些犹豫,不过还是勉强同意了下来。

当月月底,郭居静独自前往了澳门。利玛窦也一刻没有闲着,他四处传播天主教义,为了能让更多的中国人理解天主教义,他四处夸赞儒教,却对佛教和道教提出猛烈的批评。他认为崇拜偶像的佛教是虚伪的教义,认为孔子的理念是"不讲来世之事,而专示如何在现世中生活的教义,主要教诲人们如何和平地维护一个国家的方法"。而这一观点直接刺激到佛教教徒,一名叫三淮的高僧专门找到了利玛窦,要与他"讨教一番"。

在一个天气很好的日子里，那高僧三淮与利玛窦在利玛窦的住处展开了一场激烈的舌战。利玛窦率先开场，言说："高僧先生今日来寒舍，若有得罪之处，还望多多包涵。现在在讨论别的问题以前，我想先就以下的问题听听您的看法。第一个，对于我们天主教常谈的创造者和天地的造物者天主，您怎么看？"高僧三淮说道："对于你们，或许存在这样的主，或者叫作天地的创造者。但你要知道，世间的每位圣灵都和那创造者一般，且我们佛教相信有比天主更为伟大的存在。"

利玛窦说："如此说来，高僧可以与天地的造物者平起平坐，或者说可以做和造物者同样的事情？如果不能，您等于空谈。"三淮说："我想我完全可以创造天地，人与天地皆平等。"利玛窦接着说："我丝毫没有想请您现在就创造天地。现在，这里有一个火盆，您能再立即造出一个与此相同的火盆吗？"三淮解释道："我并非这个意思。"利玛窦追问："方才您还说可以创造，才一小会儿的工夫就不可以了？"此时，两人声调都抬高起来，瞿太素见势不妙，立即站出来进行调解，并重新将两人的观点进行整理。

这次由三淮率先提问。三淮说："听说您是一位天文学家，又对数学多有钻研？"利玛窦答道："也是略知皮毛罢了。"三淮问道："那我问你，当你用肉眼看到太阳或月亮时，你是看到它们运转到天上去了呢，还是这些天体落到了你的胸中？"利玛窦回应道:"我不上天,天体也落不到我身上。如果我们看到了一样东西,首先是这样东西在我们心中产生出一种对应的图像,下次我们在谈到这样东西时,就会以心中的图像来看待问题。"

三淮一激动,站了起来,哈哈大笑,并说:"原来神父也创造了一个太阳或月亮啊。照这样,你也是可以创造天地万物了?"利玛窦则说:"存在于我心中的太阳和月亮,并非实物的太阳和月亮,不过是太阳和月亮产生的图像,它们有着根本的区别。更为重要的是,在你未见到真正的太阳和月亮之前,是无法创造出这些与之对应的图像的。"他接着说:"我们不如拿镜子来作比喻,镜子可以照出太阳和月亮的图像,但绝对没有人愚蠢地认为镜子可以创造出太阳和月亮来。"

三淮听罢,脸憋得通红,声调再次高起来,辩论也越来越激烈。瞿太素见两人愈发不客气,生怕伤了和气,再次站出来调解。两人便不再发言,没多久,三淮站起来带着弟子告辞了。这场辩论很快在南京城内传开来,消息也扩散到王忠铭的耳朵里,王忠铭赞叹道:"我早就知道这利玛窦神父学问高深,如今他能和三淮这样的知名高僧进行辩论,并战胜了他,真是不简单。"

而对于战胜高僧三淮,利玛窦丝毫不感到得意,因为他的理想是能够进入北京城内传授天主教义,并非只是与人磨嘴皮。他焦急地盼望着郭居静能早日到来,以便尽早完成自己的宏愿。那郭居静自知此事重大,一路都不停歇,丝毫不敢有片刻耽搁，又是乘船，又是骑马，昼夜奔赶，艰辛至极。一进韶州境内，郭居静见这熟悉的生活环境，不禁触景生情，感慨起他们的命运来，连连流下几滴泪水。

到达澳门后，郭居静也是不闲着，他跑前跑后四处筹钱，直到三日后，方才凑齐了几个传教地点的维持费、进京路费和南京的购房费用等。除此之外，他还搜集到了许多进贡之物：一座小自鸣钟，高可盈掌，青铜镀金制成；一座镀金铁制的大自鸣钟，露在外面的钟摆响声更大；三幅画，两幅大的约五掌高，其一为圣母像，另一为圣母怀抱耶稣同圣约翰在一起，还有一幅小些，画的是救世主；两件威尼斯三棱镜；还有几面镜子、若干书籍、若干其他珍物以及羽冠饰、精品细麻布、沙漏计时器、玻璃器皿等等。

筹备好这些礼品后，郭居静和一位年轻的传教士换上中国服装，一同踏入商船，藏匿在船舱里不为人注意的地方，生怕被发现又会惹出新的麻烦。一路上，他二人小心翼翼，轻易不言语，防止引起注意。话说那时，利玛窦也等得焦急，心里日日期盼着郭居静的到来。他甚至想，只要郭居静一到南京，他们就立即出发，奔赴京城，为皇帝献上他们最为珍贵的礼物，以讨得皇帝的赏识，之后再大力开展他们的传教事业。

明神宗万历二十八年（1600年）年初，郭居静拖着疲惫的身体到达了南京城，利玛窦觉得大好时机已到，该谋划如何进京之事了。由于居在南京的传教士较多，大多又比较年轻，因而他决定让郭居静留在南京，正好修养一段时日，他则带上一位年轻的传教士一同进京。瞿太素表示愿与利玛窦一同前往，但利玛窦却拍着瞿太素的肩，笑着说："上次让你与我一同进京，已受了那么多的罪，这回你留下好好陪家人吧。"瞿太素便没再说什么。

让利玛窦头疼的是如何将这些礼品敬献给大明皇帝，再三商量后，他们都觉得应该请一位高官帮忙才行。于是，第二日一大早，利玛窦便前往了王忠铭的府上，却得知那王忠铭不久前刚刚回了海南老家。利玛窦失望之余，又给在海南的王忠铭写了封信，希望王忠铭能将他介绍给北京的一些官员，以便他在北京活动。出了王忠铭的府邸，利玛窦直奔总督的府上，那总督倒大方，听闻了利玛窦的要求后，想现在与国外又无战争，便立即写了一封进京必备的文书。那总督还说，日前运河北段仍处于冰冻时期，行不了船，可以再等上一两个月，待春暖花开、大地解冻之时，便可踏上行程赶赴北京。利玛窦连连道谢，又给那总督送了几件西洋礼品，总督非常喜欢。

回到住处后，利玛窦又找来了几个中国工匠，对他手中所有要献给大明皇帝的礼品进行了装饰，比如在自鸣钟顶部雕刻上龙的图案。在利玛窦等人的配合下，工匠们活做得很细，礼品经过装饰，都显得更为精致了。

利玛窦对进京之日愈发期盼，那一段时间，他极少出门，常常坐在屋内修订一些书籍，以等待那进京之日的到来。然而利玛窦所不知的是，他在南京城内的巨大声名，甚至已经传到外地的很多地方。徐光启便是一位早就听闻过利玛窦声名的人，他十九岁时中了秀才，后来多次参加乡试皆不中，由于父母年过半百，加上水灾连连，为寻求出路，他不得不赶赴广东韶州任教，在此期间，他结识了郭居静，也头次听闻了利玛窦。后来，徐光启憋着一股劲儿，又一连参加了几次考试，所幸最后一次中了举人，才回到了家乡。

再说那明神宗万历二十八年年初，着实是一个特殊的日子，徐光启正好前来南京城拜见自己的恩师，正巧在途中听闻利玛窦和郭居静就在城内。因之前在韶州时他曾听郭居静讲过一些天主教的教义，但并不系统，而自己又对宗教深感兴趣，便觉得这正是一个讨教的好机会，于是他在拜见了自己的恩师之后，四处打听，寻到了利玛窦的住处后便登门拜访。

郭居静一见是徐光启本人，立即将其迎进来，坐定后，他问："兄台如今不在韶州做事了？"徐光启微微一笑，说道："三十年河东三十年河西，人生就是在不断地折腾啊。我现在已离开韶州回老家了，此次前来南京城拜见恩师，不想途中听闻你和利玛窦先生在此地居住，便径直前来打扰你们了，神父先生不介意吧？"郭居静笑起来，又连忙站起身，将一边的利玛窦介绍给徐光启："记得还在韶州时，我常向你说起利玛窦神父，这位便是。"此话一出，竟引得利玛窦哈哈笑起来。

徐光启连忙站起，向利玛窦作揖，并言说："在韶州时，常听居静神父说起您，却无法与您相见，今日见先生儒气浓郁，神采奕奕，气象非凡，果真是大师的派头。"郭居静插话道："他叫徐光启，是个不可多得的大才，只是命运坎坷，数次考试而不中。"利玛窦说："幸会幸会。"徐光启又告知自己对天主教的兴趣，随着聊天的深入，利玛窦也觉得眼前这个中国人很有思想和悟性，当日晚，他们彻夜长谈，徐光启视野大开。

由于时间太短，谈论的内容比较有限，但利玛窦的谈话还是为徐光启开启了一扇小小的窗口。这是徐光启头次见利玛窦，对他一口流利的汉语感到极为吃惊。他们万万没有料到，就是此次的短暂相会，竟成为他二人日后在京深入交流的开端，当然，这都是后话。第二日清晨，徐光启依依不舍地与利玛窦道了别，回到家后，他多番思考自己的命运和未来，觉得这个西洋神父知识如此渊博，且了解的都是些他感兴趣的内容，他日若有机会可再次前去拜见，甚至可将利玛窦拜为老师。

当年五月，南京城内天气非常好，树木翠得几乎快要落下水珠来，花儿开得正盛，放眼望去，一片好景。利玛窦觉得这是进京的好时段，于是立即前往那总督的府上，说了自己的打算，总督听后觉得不错，就帮忙四处打问。恰在这时，一位刘姓的太监正率六艘满装丝绸的船，从南京前往北京。那总督前去面见了太监，太监很高兴地答应捎带利玛窦去京，为表谢意，利玛窦又给那总督送了几件西洋礼品，之后就随船队一同出发了。

　　此次行船，利玛窦采取了一反之前躲在船舱中的做法，大大方方如官员一样，来回出入船上。这回携带的东西可不仅仅是敬献给皇帝的，还包括了留居北京要用的日常物品，以及一些装饰房间用的饰物等。为了能够尽快抵达京城，避免遇上不必要的阻挠，每到一站，那刘姓太监都要和利玛窦下船，邀请当地官员参观所携的贵重物品，并告知他们这些东西都是将要敬献给皇上的，一听这话，那些官员都很快放行，一路很是顺畅。

　　船到济宁时，利玛窦想起自己阔别已久的好友李贽，之前李贽来信称，自己就寓居济宁仓运督办刘东星的府邸旁。李贽与那刘东星关系甚密，为来往方便，刘东星在自家墙上开了一扇门，而李贽曾在南京介绍刘东星的儿子与利玛窦相识。那刘东星身为仓运督办，却是位极其虔诚的儒生官员，且对宗教极感兴趣，之前也曾听其子多次讲述过利玛窦的教义。由于与李贽多次通信，利玛窦已知晓这一切，船刚靠岸，就派人与李贽取得了联系，打算借李贽之力与刘东星疏通关系，方便继续沿水路进京，因为刘东星当时掌管着所有内河船只。

　　李贽得到消息，高兴至极，并将此消息告知了刘东星，刘东星闻罢，立即派人抬轿前往运河边，以极高的礼遇将利玛窦接到了府上。进入府邸后，见李贽也坐在席上，利玛窦又惊又喜，几人相谈甚欢。利玛窦向众人简单介绍了一些西洋的文化和风俗习惯，见那刘东星对宗教很好奇，又讲述了一些生死与上帝的话题。有意思的是，宴席一结束，刘东星走到利玛窦跟前，对着利玛窦说道："神父啊，我想上天堂，去见见上帝，你看可否行得通？"倒令利玛窦哭笑不得。

利玛窦回到自己的船上后，没过多长时间，刘东星竟带着李贽等人前来回拜利玛窦，排场之大，让利玛窦深感意外。但这次见面他们说的内容都很客套，并没有进行深入探讨。别过后，修整了一晚，第二日一早，利玛窦又带着一些礼品前往刘东星的府上回拜，刘东星非常高兴，又立即叫来了李贽等人。他们有说有笑，谈得非常放松融洽，令利玛窦深感愉快，他甚至觉得这不是在别人的府上，而是在欧洲自己的家中。

席间，刘东星问道："神父先生，听闻你之前也曾进过京，可否见到了皇上？"利玛窦一脸苦笑，说道："不瞒大人讲，那次北京之行，我真以为能见到皇帝，可当时中日关系紧张，京城对外国人查得格外严格，我不但没能面见皇帝，反而还有被抓起来杀头的可能，只好无奈地离开了。"李贽道："神父自打进入中国，就抱定了进京的恒心，十多年来，为这一理想经历了万般磨难，费尽周折，让我钦佩至极。"

三人又谈了许多的话题。之后，利玛窦顺道将自己在南京请人拟就的上呈大明皇帝的奏折拿出来，刘东星和李贽先后当面进行阅览。毕了，两人皆觉得不满意，认为其中很多的话语都不妥当，于是当场又拟就了一份，并命人抄录下来。利玛窦见状，非常感动。刘东星又说："神父在京城人生地不熟，你我三人今日能有缘得以聚会，也就成了挚友，我今日再和李贽两人分别写一些推荐信，好托京城的朋友能照应上你。"

利玛窦连连道谢，说："能遇上你二位这样的挚友，是我的荣幸，却不知该如何感谢，他日等我安顿妥了，定专程前来济宁拜访二位。"李贽则说："当初在南京期间，神父先生对生死、神灵、灵魂等的看法，深深影响了我，对我的思想是一种全新的补充，按理说来，我该向神父先生道谢呢。"刘东星哈哈笑着说道："看看，二位先生都是学问家，却都是谦虚之人啊。"三人说说笑笑，场面甚是轻松活泼。

话说利玛窦在济宁逗留期间，那刘姓太监的船队仍在正常行驶，并未长久停留，因而等利玛窦和李贽、刘东星道别后，刘东星又遣人立即护送利玛窦追赶船队。一路上，利玛窦心情大好，觉得世上有些人虽假，但还是有一些真心的朋友，尤其是李贽，日后定还要前来拜访。他所乘的马车在山东临清赶上了船队，上船不久，船队便在临清城附近靠了岸，因为前面有朝廷派遣在此收取关税的太监马堂。

那马堂长得倒是清秀，却心狠手辣，狡猾凶险，是临清城内有名的霸主。他四处胡乱收取关税，引起民众的极大不满，曾有一群士卒集体造反叛变，放火烧了他的屋子，还杀了他几个家人，当时场面之紧张，如今着实难以用话语细细道来，那马堂也是将锅灰涂在了脸上后，才得以逃脱保命。此后，马堂便怀恨在心，对运河上来往的民众越发凶狠起来，不仅收取高额的关税，有时还会绑架杀害一些有钱的地主财东。

那刘姓太监前去面见马堂，试图多掏一些钱财买路通过，不想那马堂索价太高，刘姓太监只好无功而返。来回谈了几次，均无结果，刘姓太监气急败坏，怕耽搁了行程，于是再次跑到那马堂的住处，言说这趟船上拉了一位西洋神父，他要面见皇上，且携带了很多珍贵的西洋礼品，这些东西均是中国人闻所未闻的。刘姓太监本以为如此一说，那马堂能收敛一些，却不料那马堂一听船上有珍贵的宝贝，红了眼，就想索取一些财宝方让通过。

刘姓太监将话带给了利玛窦，且有马堂的几位下属前来查看利玛窦所携的礼品。利玛窦觉得不妙，意识到危险，急得头上竟冒出细密的汗珠。等那几位下属走后，利玛窦立即前去找寻自己过去在肇庆认识的一位官员，那官员如今正在临清做官，寻见他后，利玛窦将自己的遭遇讲给了那官员，官员一听，也无可奈何，说道："神父先生，依我看，你只能让那马堂查看你的礼品，你要知道那马堂可是皇上跟前的红人，你若不允，恐遭更大的麻烦。"

利玛窦听后，更加紧张，不知该如何应对。那官员继续说道："神父先生，您也不要太过担心，先允了再说，往后再看具体情况，毕竟目前也没有其他法子了。"利玛窦只好答应，心情沉重地回到船上。不过那官员还是尽力帮助利玛窦，他四处向人宣扬利玛窦的盛名，好让众人知道利玛窦在中国是多么受敬重，以让那些人不敢轻易造次。利玛窦在这期间，静静地等着马堂来检查，心里还是担忧至极。

那马堂来时，乘坐着豪华官舟，排场甚大。利玛窦闻讯立即出了船舱迎接，寒暄一阵后，马堂便要亲眼看船上的礼品。利玛窦无可奈何，只得将礼品一一带出来给马堂看。马堂见到这些礼品后，垂涎三尺，要求利玛窦当下就把所有的贡品搬到自己的船上去，利玛窦不情愿，断然拒绝了。那马堂却不罢休，私下又将那刘姓太监叫来，给了刘姓太监一些钱财，让他立即带着船队先走，刘姓太监也怕马堂，于是声称带着船队要先走。

利玛窦毫无办法，只得将礼品全部搬到马堂的船上，见那刘姓太监的船队缓缓离去，利玛窦心情失落极了，喉中就如同卡了鱼刺一样。看出利玛窦一脸不悦，那马堂便说："神父啊，我可以帮你先把给皇上的奏折急速发往北京。"利玛窦轻声轻语说道："不烦大人了，我有朋友已托京城的官员帮我。"那马堂却哈哈大笑起来，说道："皇上啊，才不把那些人放在眼里，会压着你的奏折不看的。"利玛窦怕惹恼马堂，只好连连道谢。

马堂又当场答应，一个月后将随利玛窦一同前往天津，亲自护送利玛窦进京面圣。利玛窦听罢，十分高兴，但仍有些怀疑，毕竟那马堂是狡猾之人。利玛窦的担忧丝毫没错，那马堂时时刻刻盯着利玛窦携带的礼品，希望也能给自己弄来一件珍宝，于是便常常将利玛窦请到自己的府上，热情款待。有次马堂还邀请利玛窦一同观赏中国民间的杂技表演。这些惊心动魄的民间演出，都是利玛窦头次看到，留下了深刻的印象，不禁连连称赞。

时间一长，那马堂觉得获得珍宝无望，他心中虽不愿放利玛窦走，但还是硬着头皮，鸣锣打鼓，隆重地将利玛窦护送到了天津。马堂的几位手下提前去了京城，留下几位在天津看着利玛窦的一举一动。马堂原以为皇上会很快批了奏折，请利玛窦进京，却不想等到他亲自押运八万两的官银抵达天津时，奏折还不见批下来，没有一点音讯。马堂心急，立即遣人进京打探情况，原来是朝廷将此事移交给了礼部来办理。

马堂知晓后懊恼不已，他心里想，当初就不应该管利玛窦的事，这下可好，把自己夹在中间，上不去，下不来，尴尬极了。于是他不再邀请利玛窦到府上，只是派几个人时刻监视着利玛窦的一举一动，这期间，他又给皇上重写了一封奏折，同时让自己过去的好友不断地在皇上面前争取。而利玛窦则度过了一段十分孤寂的日子，生活被监视，又不能进京，每日过得十分抑郁，只能在心里默默地祈祷着上帝的护佑。

马堂重写的奏折起到了作用。十月底，朝廷来了钦差，闻讯后，利玛窦长长地舒了一口气。天津方面所有的官员都前来跪听圣旨，圣旨要求利玛窦将所有的贡品列一个清单。开列出清单以后，马堂又问利玛窦还有什么别的东西，利玛窦又不得不把一本装帧精美的《罗马祈祷书》、一架翼琴和自己绘制的世界地图交了出来。马堂看了看这些礼品，就全部带回去了。对马堂的所作所为，利玛窦虽记恨在心，却毫无办法。

又是漫长的等待，利玛窦感到周围一片漆黑，他的失落中夹杂了太多的痛苦与愤怒，只是这种体验，在以前也经历得多了，现在能做的事情也唯有等待。初冬时分，天气渐渐冷起来，马堂离开天津回到了临清，留下四人看守利玛窦。利玛窦每日待在屋子里，不是读书就是闲想，这种状态久了，逐渐感到心理上的麻木。他不得不警惕起来，如果长期这样下去，恐会动摇了进京的信念，于是他每日都渴盼着，等待着。

突然有一日，那马堂带着数人又从临清赶到了天津，冲进利玛窦的住所，大声吼道："没想到你如此狡猾，听北京的朋友来信说你还私藏了不少稀世珍宝！是不是不想献给皇上？若是明智的话，现在就快快交出来！"利玛窦吓了一大跳，见势不妙，回答道："我没有私藏。"马堂大发雷霆，再次吼道："来人呐，将这神父的所有行李统统搜一遍！"随即，几名大汉便将屋内利玛窦的所有行李集中到一起，又按马堂的吩咐将行李全部翻了开来。利玛窦心如刀绞。

只要一见到利玛窦此前未给他看过的礼品，那马堂就大声喊叫起来，直言说："竟敢背着皇上私藏东西，好大的胆子！"利玛窦面色如土，额上渗出细密的汗珠来。马堂又命那几位汉子将自己喜欢的礼品单另摆在一边。当打开利玛窦身边的盒子发现那个耶稣受难木雕时，马堂面红耳赤，显得非常愤怒，骂道："这是什么妖孽，竟敢拿这东西祸害我大明皇上！"利玛窦连忙解释说："这是我们的信仰，不是妖孽。"

那马堂并不听，继续破口大骂，直到发现了很多这样的十字架木雕时，才渐渐平静下来。等那几名汉子检查完毕后，马堂将装有银币的口袋还给了神父，却要带走利玛窦常用的银制圣杯，利玛窦再次变了神情，说道："这个东西不能拿！"说这话时，只见那马堂将圣杯拿在手中，来回触摸玩弄，要知道对基督教徒而言，唯有神父才有资格拿取圣杯。利玛窦心如刀绞，急得差点落下泪来，颤抖着嘴唇说道："圣杯不能带走，银子你愿带多少就带多少，但圣杯绝对不能带走，它是我们的信仰。"

马堂一听，高兴起来，于是拿取了和圣杯同样重量的银子。见利玛窦站在一边并不言语，马堂便继续厚颜无耻起来，拿走了双倍于圣杯重量的银子，这才将圣杯交给了利玛窦。利玛窦拿到圣杯，心情稍稍平静下来。马堂命人将搜到的大部分礼品全带了出去，并骂道："竟敢私自藏这么多的贡品，你可知罪？下次我一定要在朝廷揭发你们这些无耻的西洋人，将你们统统赶出中国境内！"利玛窦默默看着马堂等人离去，受此侮辱，让他心如刀割。

眼看岁至年底，京城方面仍无消息，利玛窦心灰意冷，甚至觉得不会再有希望了。现在南下走不了，进京也进不成，每每想到这样的处境，他便痛苦得几乎难以入眠。他写了两封信，一封是给临清的马堂，另一封是给临清的那位官员朋友。那看守他的汉子并不愿意送信，在利玛窦的反复请求下，并得到了十两碎银后，才答应帮利玛窦将信分别送出去。信寄出去后，利玛窦便陷入了漫长的等待之中。

那送信的汉子先是赶到马堂的府上，进门便说是利玛窦的信，那马堂正在喝茶，侧耳一听，便说："谁？"汉子说："是天津利玛窦的信。"没想到马堂猛地将茶杯朝那汉子扔了过去，汉子一躲，茶杯摔碎在了地上。马堂怒骂道："吃了豹子胆了，没经我的同意，你怎敢私自替那西洋人送信？还不快快滚出去。"汉子吓得浑身瑟瑟发抖，一听马堂的话，立即退了出去。出门后，汉子犹犹豫豫，想着自己是否还要送出另一封信。他心里有些后悔，但想到自己既然收了人家的银子，无论怎样，还是该兑现诺言。

汉子跑到利玛窦官员朋友的府上，正值那官员在升堂办案，见汉子一脸着急地跑进来，便问何事，汉子言说是关于神父利玛窦的事情。官员一听，脸色一沉，不再询问，让汉子先在屋内等候。官员办完案，命仆人私下将汉子叫到自己的房间，汉子便将利玛窦的信拿出来，官员现场打开就看，看过之后，露出一副无奈的表情。他让汉子捎话给利玛窦，言说那马堂准备捏造利玛窦的罪名，并要将利玛窦赶回欧洲。

汉子不歇不停，连夜坐船回到天津，将消息告诉了利玛窦，利玛窦听闻，如遭五雷轰顶，不知该如何是好。他问汉子："我那官员朋友可有建议?"汉子言说："我走时,你那朋友叮嘱我,让我告知你,现在可以上书皇上,请求放你平安返回欧洲。"汉子说毕,就出去了,利玛窦深感绝望,却毫无办法。他只得采纳官员的办法,写了封信寄往北京。然而那封信可有效果?利玛窦后来是返回了欧洲,还是留在了北京?且详听下回分解。

第七章

京城译书

　　话说利玛窦将信寄出去后，久久等不到消息，他茶饭不思，整个人混混沌沌，一下子就消瘦了下来。他几乎陷入了绝境，好多个时刻里，他觉得将再也没有进入北京的机会，甚至在心中做好了返回韶州的打算。然而话说那朝廷方面，某一日，神宗皇帝正在批阅奏折时，突然想起几日前看到的利玛窦上书的奏折，便问一旁的太监，说道："那西洋人说要给朕敬献什么自鸣钟，如今怎么不见踪影儿了？"

　　太监一愣，答道："宦官马堂之前送来奏折，说过此事，可没有皇上的恩准，那西洋人是无法进宫的。"皇上便说："传旨给那西洋人，命他速速进宫敬献，朕要看看这自鸣钟是个什么稀奇玩意儿。"太监于是立即传旨，圣旨云："天津税监马堂奏远夷利玛窦所贡方物暨随身行李，评审已明，封记题知。上令方物解进，利玛窦伴送入京，仍下部译审。"圣旨传到马堂耳朵里，那马堂吃了一惊，他原以为过了这么久，皇上必是忘了此事，不想这圣旨却突然传来，令他措手不及。

马堂转念一想，利玛窦要敬献给皇上的礼品之前都被自己扣了下来，若是他进宫后将此事禀告给了皇上，那皇上还不杀了他的头？于是他赶紧起身，命人将所有的礼品装好，立即送往天津利玛窦的住所。到了之后，马堂见利玛窦的屋门紧闭，便轻轻敲了敲门。那时利玛窦正在迷迷糊糊地睡着，听见敲门声后，和往常一样，漫不经心地下了床，打开门，一见马堂等多人站在门口，他吓了一大跳，以为马堂贪心再起，又要来索取他的东西。

却见那马堂一脸笑容，缓缓走进屋内，说道："神父先生，近来过得可好？"利玛窦苦笑着说："托大人的福，一切都好。"马堂命人将带来的礼品抬了进来，说道："神父先生，之前皆是我无礼，还望先生见谅，现在我将所有的东西物归原主，请您收下。"利玛窦愣住了神，不知马堂葫芦里卖的什么药，他说："这是？"马堂很客气地说："先生还不知道？"利玛窦点点头。马堂便说："皇上见了你的奏折，现召你立刻进宫。"

利玛窦如同被人用木棍在脑袋上敲了一下，一股热血猛地从胸口涌了上来，他感到头脑木木的，仿佛失去了知觉。他颤抖着嘴唇问道："可是实话？"马堂说："千真万确。"利玛窦头脑里再次轰的一下，人猛地坐倒在了地上。众人赶紧将利玛窦扶起，只见利玛窦满面泪水，失声痛哭起来。马堂吓了一跳，但由于未得到礼品，心里仍是不爽，不愿再待下去，就安排了几个人护送利玛窦进京，之后，便匆匆回到了临清的府上。

其时正值隆冬，北方天寒地冻，大运河早已冰冻，因而在简单修整了几日后，利玛窦只好沿着旱路出发。好在有那马堂派遣的人马护送他，不然以他现在虚弱的身体，走到北京简直无法想象。一路上，利玛窦躺在马车里，盖着一张厚厚的羊皮毯子，闭目养神，就这样一直晃晃悠悠地抵达了京城。这次他不再耽搁，按照圣旨的要求，暂时住在一位太监的府邸上。三日后，利玛窦带着新写的奏折和进贡的礼品进了皇宫。

这是利玛窦自打进入中国以来，头次进入大明皇宫，宫殿气势宏伟，庄严肃穆，令利玛窦大开眼界。他抑制住自己那激动的心情，随着太监一同缓缓走入。进入殿内，只见皇帝坐在正面上方的龙椅上，殿内两侧站满了官员。利玛窦按照中国礼仪行了礼，皇上问他："可是要给朕敬献礼物的西洋人士？"利玛窦回道："正是。"说话间，他将装在衣袖中的奏折给一旁的太监递了过去，那太监拿到奏折，立即呈给了皇上。

奏折内容："大西洋陪臣利玛窦谨奏，为贡献方物事。臣本国极远，从来贡献所不通。逖闻天朝声教文物，窃欲沾被其余，终身为氓，庶不虚生。因是辞离本国，航海而来，时历三年，路经八万余里，始达广东。盖缘音译未通，有同喑哑，因就居传习语言文字，淹留肇庆、韶州二府十五年。颇识中国古先圣人之学，于凡经籍，亦略诵记，粗得其旨。乃复越岭由江西至南京，又淹留五年。伏念堂堂天朝，方且招徕四夷，遂奋志径趋阙廷。谨以原携本国土物，所有《天帝图像》一幅、《天帝母像图》二幅、《天帝经》一本、珍珠镶嵌十字架一座、报时自鸣钟两架、《万国图志》一册、西琴一张等物，陈献御前。此虽不足为珍，然出自西贡至，差异耳。且稍寓野人芹曝之私。臣从幼慕道，年齿逾艾，初未婚娶，无子无亲，都无系累，非有望幸。所献宝像，以祝万寿，以祈纯嘏，佑国安民。实区区之忠悃也。伏乞皇上怜臣诚悫来归，将所献土物，俯赐收纳。臣盖瞻皇恩浩荡，靡所不容，而于远人慕义之忱，亦稍伸于玩意耳。又臣先在本国忝预科名，已叨禄位，天地图及度数，深测其秘，制器观象，考验日晷，并与中国古法吻合。倘蒙皇上不弃疏微，令臣得尽其愚，披露于至尊之前，斯又区区之大愿。然而不敢必也。臣不胜感激待命之至。万历二十八年十二月二十。"

皇帝看罢奏折，说道："没想到你这个西洋人的汉语，还不错嘛。"说毕就大笑起来。下面的大臣全部跟着笑，利玛窦也笑了。皇帝又说："你那敬献给朕的礼物何在？"利玛窦赶紧将所有的礼品带进来，一件一件打开，在场所有的大臣都围了过来。皇帝从龙椅上走下来，拿起一件耶稣受难像，说道："这才是神灵啊。"当看到两座自鸣钟时，皇帝好奇地赏玩起来，其中一座自鸣钟约有半米之高，另一座则有一米多高，外面镶了一层黄金，下方有一些指针正在转动，皇帝惊讶不已，非常喜爱。

利玛窦说道："皇上，这是我们西洋的自鸣钟，内设机关，能按时自鸣。"利玛窦又给皇帝介绍了诸如三棱镜这样的礼品，但皇帝并不感兴趣，而是不时赏玩那自鸣钟。当那自鸣钟现场发出声音之时，皇帝大惊喜："这东西竟是如此神奇，好东西，好东西！"大臣们站在一边，也跟着发出啧啧的赞叹。皇帝又当场夸赞了利玛窦，言说以后若有好的东西可继续给他带来看，利玛窦很高兴地答应了下来。

神宗皇帝将那稍小的自鸣钟摆放在了自己的住处，不时赏玩，倒排解了内心的一些寂寞。不料第二日一早起来，那座自鸣钟却未按时鸣响，神宗皇帝非常着急，即刻命太监将利玛窦召进宫。见到利玛窦，神宗皇帝说："你这玩意儿为何不响了？"利玛窦查看后，一会儿工夫就修好了。皇帝命太监中午好生款待利玛窦。

在宴席上，那太监询问利玛窦道："神父此次向皇上敬献了这么多礼品，深受皇上喜爱，不知神父做这一切有何目的？"利玛窦回答道："敬献礼品，只是仰慕中国已久，旨在交流，我不为做官，只为信教，唯一的心愿就是侍奉上帝，虔诚生活，无求于尘世。"太监听罢，非常满意。又问到自鸣钟的保养维护，他说："神父啊，皇上如此喜欢这件自鸣钟，日后它若再不响了，该如何是好？"利玛窦便说："公公可派一人来，我只花三四天就可教会他所有维护自鸣钟的方法。"午宴后，太监将此事告知了皇帝，皇帝就派了三人前来向利玛窦学习。

　　在这段学习期间，神宗皇帝不断派人来问询利玛窦一些关于西方文化的知识，诸如生活习惯、建筑风格等，这令利玛窦大感意外。三日后，太监们将修好的自鸣钟送回宫中，神宗皇帝高兴至极，允许其中两位学习了修理自鸣钟技能的太监每日按时进入他的寝宫为他调对，那座大自鸣钟则被置放在花园之中，并专门修建了一座漂亮的亭子，神宗皇帝每次进园闲逛，都会走到亭子跟前，专门看上一眼自鸣钟。

　　话说那时，尽管利玛窦已将礼品送给神宗皇帝，也讨了神宗皇帝的欢心，但那马堂仍是对利玛窦耿耿于怀，一直想将利玛窦送回广东。利玛窦在京城暂居期间，马堂派了两名自己的亲信，时时刻刻监视着利玛窦的一举一动。这时，前来向利玛窦学艺的太监看见了利玛窦携带的一架洋琴，便问利玛窦："神父为何不把这件东西送给皇上？"利玛窦被突然点醒，于是又让太监将这洋琴给皇帝送进宫内。无奈宫中无人会使此琴，神宗皇帝再次派来四名太监前来学琴，好在利玛窦身边那位年轻的传教士会洋琴，那四名太监就当场将利玛窦和那年轻的传教士拜为师傅。学琴期间，利玛窦和宫内的一些太监逐渐建立起了友谊。

　　再从利玛窦敬献礼品之事说回来。照理说，利玛窦进宫敬献礼品之事，应由礼部全权负责，可马堂却在中间插手了这事，让那礼部官员蔡氏极为不爽，他本来就对那马堂怀恨在心，但由于马堂是神宗皇帝跟前的红人而不敢招惹，所以当利玛窦直接当面给神宗皇帝献礼后，蔡氏愤怒不已，拍着桌子大骂道："这马堂如今太霸道了，连我礼部的事情都接管了！"惹不起马堂，当然惹得起那从西洋而来的利玛窦，所以蔡氏把气泄在了他身上。

那一日，利玛窦正在教四位太监洋琴，大家学得正起劲，门却被猛地踢开，进来了十多位穿着官服的捕快，径直朝着利玛窦走过来。利玛窦惊吓之余，连忙问道："你们这是？"带头的官兵便说："好你个西洋人，擅渎圣听，又逃匿至今不来本署受审。"接着就把利玛窦等人抓起来，囚禁在了礼部的寓所当中。利玛窦直喊要面见蔡氏，蔡氏清楚，却就是不见。利玛窦前思后想，就是不知道得罪了礼部的什么人，感到非常郁闷。

那监视利玛窦生活行踪的太监立即将消息告知了马堂，马堂听罢，勃然大怒，把那蔡氏的爷爷和祖先十八代都骂尽了，直言道："蔡氏真是活腻了，竟敢在老子的头上撒野！"马堂命人立即将利玛窦弄出来，并对那仆人说："就算杀利玛窦，也该是我杀，轮不到他蔡氏！"几日后，马堂的人便冲进礼部寓所，强行砸开了门，那巡捕说道："你们是何人？竟敢擅自闯入礼部寓所？不想活了？"来人便说："瞎了你的狗眼，惹怒了马堂大人，你小子连狗命都保不住了！"

早就听闻马堂杀人不眨眼，那巡捕便害了怕，吓得魂飞魄散，纷纷逃开了。来者冲进屋内，见一脸憔悴的利玛窦，便说："神父请走，马堂大人让我们来营救你。"说毕，就要将利玛窦带到那被马堂眼线监视的地方。利玛窦看了看他们，并未对被营救出来而感到高兴，他已经意识到宫廷内政治环境并不好，自己若不交往一些熟人，可能就被这样折腾死了。于是他说道："明天一早，我将来到礼部，你们就别管了。"来者皆瞪大了眼睛。

第二日一大早，利玛窦果真如他所说，来到了礼部的寓所。仆人将他带到礼部官员蔡氏面前，蔡氏对利玛窦被强行从礼部带出非常生气，却又拿那马堂丝毫没有办法，只好说："你这个西洋人，真是好大的胆子！"利玛窦站在一边，说道："大人所指何事？"蔡氏说："何事你难道不知晓？你事先进京给皇上敬献礼品，却不经我们礼部同意，在那马堂的护佑下，径直进了宫，这成何体统！再者，你托人强行将我礼部的门砸开，逃了出去，你现在还问我何事，你这是什么意思？"

利玛窦一听，紧张起来，赶紧解释道："蔡大人误会了，且听我细细讲来。那几月前，我从南京赶往京城，路过临清时，却被那马堂强行扣下，他将我关押在天津，对我严加看管，我既不能到京找寻礼部，又不能退回到南京，处境之恶劣，大人也应该想得出来。接到神宗皇帝的圣旨后，那马堂还不收敛，又派遣数十人一路将我送到京城，到京后，又是他的人将我送入了宫内。据说京城各大官员都招惹不起那马堂，我一个信教的儒生，又怎能反抗得过那权高位重的马堂呢？"

蔡氏听罢，无言以对，又说："你既是西洋人士，京城内也有规定，难道你不知？"利玛窦说："大人呐，十多年前我就来到中国，这些年来，我苦心钻研中国文化和汉语，生活俨然中国做派，大人又怎能将我当西洋人看待？"这话一出口，那蔡氏更是无话可说了。沉默了片刻，蔡氏转变了态度，安慰利玛窦说："马堂插手此事，他日我一定如实禀奏皇上，皇上英明，定会将此事彻查到底。不过，按照现在的规定，你目前还不能住在京城内，我将命人在会同馆内给你腾出一间屋子，你先住在那里等候消息，费用全部由我来承担。"利玛窦连连向蔡氏道谢。

没过多久，利玛窦便搬进了会同馆，住在了一间很宽敞的房间内。在馆内，他受到了很多人的特殊关照，尤其是那蔡氏，私下又通过朋友打听了利玛窦的来路，但也只是略知了皮毛而已，不过他的几位朋友都言说听说过利玛窦，也听说过此人有一身的才华和本领。蔡氏打听过后，对利玛窦的态度变好了一些，但在心中仍是时刻留意着，因为他老觉得这利玛窦来路不明，又给皇上一下子敬献了那么多的珍奇礼品，必有目的可图，所以不能不防。

在利玛窦住进会同馆的这几天，蔡氏专门给皇上写了一封奏折，言说利玛窦来京目的不明，建议将其遣回广东。但神宗皇帝并未理睬蔡氏，而是在读了蔡氏的奏折后，又亲自召见了利玛窦，这让利玛窦受宠若惊。然而等利玛窦刚一回会同馆，蔡氏就又派人前来询问利玛窦，问他来京城敬献礼品究竟有何目的，利玛窦仍是回答说自己来京只是为了给皇帝敬献西洋礼品，不图赏赐，只求能在这京城之内有一方住处，方便他传播天主教义。来者便问，他要传播的教义是什么东西，利玛窦觉得几句话说不清楚，便给了那人一本阐释天主教义的书。

蔡氏看了这本用汉字写就的书之后，仍然很困惑，无法弄明白利玛窦的动机，加上此前那马堂的人闯入礼部，他一直怀恨在心，于是就再次给神宗皇帝写了一封奏折，奏请神宗皇帝将利玛窦遣回广东，以防那利玛窦做出什么出格的事情。不料过了些天，仍未见到回音，蔡氏便又写了一封上报给了朝廷。话说那神宗皇帝看罢了此奏折，极为生气，他对蔡氏此前无缘无故将利玛窦逮捕已是深感不快，但他并未表现出来，而是将奏折一一退回给了礼部，蔡氏拿到奏折后，一脸痛苦相，茫然若初。

利玛窦在得知蔡氏不断给神宗皇帝上报遣他回广的消息后，很是担心，他来回走动了好几位官员，有此前李贽等人推荐的，也有此前就认识的，比如李之藻等。消息很快传到了吏部官员曹氏耳中，曹氏听闻神宗皇帝将奏折退回给礼部的消息后，立即赶到了礼部，找到了蔡氏。蔡氏将近况告知了曹氏，曹氏听罢，对蔡氏此前擅自将利玛窦抓起来感到不爽，说道："那神父已被皇上接见，你为何抓他？你可知你已得罪了皇上？"蔡氏吓得脸色发白，连忙解释道："利玛窦敬献礼品这事，应由礼部来管，却被马堂插手了，我也是心有不甘。"

曹氏摇着头说道："好你个蔡氏，在这京城内谁不知晓那马堂是烧杀抢劫之辈？哪个官员胆敢轻易去招惹他？你敢吗？你都不敢，那神父又怎能不听马堂的话？"说毕，恨恨地看了蔡氏一眼，就拂袖而去了。蔡氏听了曹氏的话，心中不免有些害怕，越想越觉得可能惹了皇上不高兴，当日夜里他夜不能寐，辗转反侧，第二日一早便寻到了利玛窦，好声好气对利玛窦说道："神父啊，之前对您若有照顾不周之处，还望您能够见谅。"

利玛窦不知那蔡氏葫芦里卖的什么药，说道："大人见外了。"蔡氏又说："神父啊，你看你现在还有什么困难？"这话一出，利玛窦再度感到紧张，他猜不透蔡氏心中到底在想什么，只好答道："蔡大人，我只想长期居住在北京。"蔡氏高兴地说："好！依我看，你现在就写一个申请，就说你因有病，需在会同馆外就医，请求搬到城内居住。"利玛窦激动起来，当着蔡氏的面手写了一份请求信。蔡氏又草拟了一份文书，同意利玛窦在京城内任何地方居住，并给利玛窦长期提供米面油等物。

蔡氏知晓自己可能惹了皇上，便劝曹氏给皇上写封奏折，那曹氏之前虽大怒于蔡氏，两人却是长期的老交情，很爽快地写了一封奏折给皇上，请求批准利玛窦长期居住在京城。神宗皇帝收到奏折后，并未批阅，只是让身边的太监口头转述给曹氏和蔡氏，同意利玛窦长期居住京城，但以后不愿再听到让利玛窦返回广东的话。蔡氏闻罢，想自己过去连续上书给皇帝，不禁背后一阵凉意。蔡氏问那太监："皇上为何如此向着这个西洋人？"太监笑着说："那自鸣钟若坏了，难不成大人要亲自给皇上维修吗？"蔡氏方才明白过来。曹氏不无怨气地说："你看看，皇上这意思已经明了，当初你却为了报马堂的私仇，惹了皇上啊。"蔡氏懊恼不已。

利玛窦接到允许居住在京城的消息后，兴奋不已，他在胸前画了一个十字，感谢上帝没有遗弃他，保佑他未被赶回广东。他出了院子，立在院落中央，看着天，突然觉得人世变化无常，一切都如那云浪一样，变幻莫测。这一晃，他已年过半百，为了当初那个愿望，他吃尽苦头，渴盼的这一天终于到来。

那几日，利玛窦格外忙，他每天都在京城内转悠，怀着极其轻松愉悦的心情，选取自己将要建立教堂的地址。然而一连几个月，利玛窦仍是无法选出合适的位置，原因是要价都太高，他根本无法负担得起。那时候，蔡氏生怕利玛窦在神宗皇帝跟前告自己的状，于是经常到会同馆中找利玛窦，给他送吃送喝，当他知晓利玛窦正在为选址的事情感到头大时，立即派自己的部下在京城内到处打听起来，也是那蔡氏人脉广，不久就有了消息。

蔡氏第一时间赶到利玛窦的住处，告诉利玛窦："神父先生，您不用找了，我为您打听了一处居所，您看如何？"利玛窦问："大人所指的是？"蔡氏笑着说道："离这里不远，就在宣武门附近，价钱也不高。"利玛窦获此消息后，很高兴，吃过午饭就去查看，发现确实有一处蛮不错的居所正在出售，却见那价钱低得离谱，利玛窦迷惑不解，四处打问起来。问到那屋主时，屋主说："我愿意低价售出，因为这里常常闹鬼。"

利玛窦一听，闹鬼？他在心里暗暗笑起来，想起自己也曾在南京住过闹鬼的住所，根本没有什么鬼神，只不过是封建迷信罢了。利玛窦于是对那屋主说道："我买了，我是西洋神父，我不怕鬼。"那屋主吃惊地看着利玛窦，说道："当真不怕？"利玛窦点头称道："当真不怕。"屋主高兴起来，心想自己真是遇上了一个傻子，这房屋在此闲置几年都无人问津，今日却遇上这样一个西洋人，正好可以蒙他一把，将这鬼屋赶紧卖出去。

为尽快将此住所买下来，利玛窦在一个风和日丽的日子里，将蔡氏、曹氏和刚到京城一年多的徐光启请了过来。这里还是简单说说徐光启的情况，上文曾说过，利玛窦还在南京之时，徐光启就曾前往拜见过他，两人建立了友谊。一年前，徐光启还辗转到上海等地教书，后来他点灯熬夜，博览群书，终于在去年的考试中考中了进士，随后进入翰林院学习，在北京居住了下来。他来北京时，利玛窦还未定居下来，因此当利玛窦说自己在宣武门附近找了一所住处之后，徐光启很是高兴，立即赶了过来。

几人坐定后，只见徐光启身着宽袖皂边、青色圆领的袍服，系着皂绦软巾垂带，头戴一顶黑色纱罗织成的四角方巾，风度翩翩，气象非凡。利玛窦与他寒暄了一阵后，开始向三人言说起自己买房的事情，并希望能够得到三人的支持。蔡氏说："神父啊，我后来听闻这房子闹鬼？不行换一处住所吧？"曹氏附和道："中国人信奉这个，经常闹鬼，说明此地不吉，我也建议换个地方。"利玛窦则笑笑说:"我可不怕鬼,在南京时,就曾住在鬼屋里。"

一边的徐光启则思绪纷飞,想到了很多。去年刚进京城,他第一时间就来拜见了利玛窦。此时此刻,他想,过去因为时间紧,未能向利玛窦深入学习西方文化,现在若是利玛窦能将这院房屋买下来,他就在这附近租一所房屋,在这里长期做学问。利玛窦问徐光启的态度,徐光启说道:"神父先生,我觉得这个地方不错,完全可以作为长期的居留地,我虽拿的俸禄不高,但愿拿出一些银两,支持神父。"

利玛窦大为感动,说道:"光启,你刚来北京不久,还是多留点钱财照看家庭。"那一边的蔡氏立即站起身,说道:"神父啊,你这房屋的钱,我出大头。"曹氏也言说愿略表心意,利玛窦连连道谢。回去后,蔡氏和曹氏很快就带来钱款,交给利玛窦,利玛窦在徐光启的陪同下,一同前往那售房之地,找到了屋主,三人当即办好了手续。三日后,利玛窦和几名传教士全部搬了进来,不久,徐光启也在一边租住了下来。

两人开始频繁交往起来,且常常谈到后半夜。话说那时,徐光启虽中了进士,仕途也较为顺利,然而从大的方面说,整个国家对外不断受到侵犯,东南倭寇侵犯愈演愈烈,东北地区则长期受到他族进攻;对内国家阶级矛盾激化,宦官横行,农民起义此起彼伏,整个国家处在风雨飘摇的处境之中。而徐光启从小就立志读书,抱有远大理想,却在仕途上遭遇种种排挤，在听了利玛窦对西方世界的阐释后，胸怀报国之志的他，便把目光投向西洋科学，希望借助科学来拯救祖国。

一日，徐光启对利玛窦说道："神父啊，您看看我的祖国，如今我虽已到了北京，却见这京城内政治腐朽，宦官为所欲为，国家危在旦夕，我欲借你们的西洋之技来补不足，然而自古以来，科技向来不被国人重视，如今我空怀一腔热血，却不知如何是好。"利玛窦说："我有一建议，也不知当不当讲?"徐光启说："先生请讲，我洗耳恭听。"利玛窦说："古代希腊数学家欧几里得有一本拉丁文著作，在欧洲影响深远，可惜要译成汉语很难，你若与我一道，下大力气将其翻译出来，对后世必是一份贡献。"徐光启问："何书?"利玛窦笑了笑，说道："《几何原本》。几年前在广东，我的好友瞿太素曾尝试翻译过，却只译出了第一卷，不知你可有兴趣?"

徐光启又问："先生可否详细讲讲此书?"利玛窦说："此书成书于公元前三百年左右，共十三卷，欧几里得在其中创设了公理体系，系统地整理出古希腊数学知识，是西方科技的基础。"除此之外，利玛窦还给徐光启讲解了许多与之有关的知识，令徐光启更是大为好奇。利玛窦深深明白，如今自己虽能流利地讲汉语，但他毕竟不是中国人，中西文化差异很大，而徐光启又是中国不可多得的人才，由他来译此书，再合适不过。

而对于徐光启来讲，那时他业已四十有四，早就错过了学习数学的年龄，再加上他刚考入翰林院不久，要知道，在翰林院学习可是万千学子的梦想,因为那毕竟影响着未来的仕途。但徐光启对继续做官早已死心,倒是觉得现在若能在这个年龄做出一点学术成就来,那也无愧自己这一生了。徐光启便说:"神父先生,我愿意与你一道,将这《几何原本》翻译出来。"利玛窦虽大喜,但也不无忧虑,说道:"如果翻译影响了你在翰林院的学习,这是我万万不愿看到的。"

徐光启说:"先生请放心,不会的。"利玛窦又说:"这部著作有多卷,非一般智力才华,绝不会顺利完成此书,我有意让你来翻译,正是看中你的学识。"徐光启说:"我深知困难重重,但我若就此向面前的困难投降,那徐光启也不过一俗人耳。"两人一拍即合,当日晚上,两人就一头扎进《几何原本》的翻译工作中,就着几盏昏暗的煤油灯,一同趴在木桌上,一边查阅资料,一边记录,干得有滋有味,热情丝毫不减。

几日下来,他俩就熬红了眼睛,利玛窦说:"怎么样?我之前就说过,没有一般的毅力和才华,是无法顺利拿下这项工作的。"徐光启将手中的茶杯放下,大笑了几声,说道:"神父先生啊,你以为这点儿苦头就能将我徐某人吓到吗?"利玛窦跟着笑了,话说对他二人来讲,那确实是一段既疲惫又快乐的日子,每当夜幕拉开,人们皆已沉沉地睡去,他二人才定下神来,开始《几何原本》的翻译工作。困乏了,他二人就聊聊天,说说话,等缓过劲儿来,立即又投入到未完成的工作中。

翻译由利玛窦口授,徐光启笔译,每天徐光启先是前往翰林院忙完自己的日常功课，一到黄昏，便又迫不及待地跑到利玛窦的住所来，二人一见，总是先相视一笑，然后立即以饱满的精力扎进漫长的工作中。对徐光启而言，面临的困难着实巨大，要知道，《几何原本》和中国正统的算术研究不同，包括陌生的术语、公式、图案及推理方式，但他没有畏惧，而是认真地听着利玛窦口述，碰到不懂的地方便停下来和利玛窦研讨分析，直到弄懂为止，有时回到家里，他还要将记录的稿子进行反复打磨、润色，常常就工作到了后半夜。

翻译工作做到一半的时候，徐光启已疲惫得头昏眼花，但他还是坚持着挺了下来。话说某一日，徐光启早晨起来穿衣服时，发现一条袜带找不着了，便用一根布条替代。如此一个多月的时间，直到利玛窦发现，笑着说："翰林院薪水再少，还不至于添不起一副袜带呀！"徐光启答道："这连续几月下来，让我心神有些跑偏，现在我故意不用袜带，以提醒自己聚精会神，和你一同早日将《几何原本》翻译出来。"利玛窦深感佩服。

春去秋来，一年之后，利玛窦和徐光启就翻译完了《几何原本》的前六卷，这时利玛窦对徐光启说："现已将前六卷翻译了出来，不如即刻拿去印刷，看看反响如何？"徐光启则说："这个时候，我们该一鼓作气，将其他几卷全部翻译出来。"利玛窦笑着说："我意思是先印刷前六卷，你我也可以稍作调整，等过些时日，接着翻译下去就是了。"徐光启觉得利玛窦说得在理，便又独自一人将译稿加工、润色了两遍，尽可能地把译文改得准确，然后又同利玛窦一起，共同敲定书名的翻译问题。几经协商，"几何原本"一名就此得来了。

修订完成后，徐光启在京城托人印刷了几百册，不想没过多久，就在京城引起了巨大的关注和反响，同时也有一些不良言论扑面而来。有人说，这是妖书，上面画了那么多的图形，或许是西洋人策划的阴谋图，这话很快就传进了神宗皇帝的耳朵里。神宗极不高兴，命人查问，利玛窦听到神宗皇帝调查该书的消息后，吓得脸色铁青，不知该如何应对。

话说那时，欧洲局势风起云涌，利玛窦来中国之时，西班牙和葡萄牙势力正旺，殖民地覆盖了各大洲，而如今近二十年时间过去，形势再度扭转，居于北部位置的英国，经过多次内部革命，势力日益强大起来，由于自身面积狭小，便在全球范围内虎视眈眈地扩张起来。那时，英国早就想挑战西班牙和葡萄牙的势力，他们在海洋上多次交战，几乎每次都是英国的海军舰队将西班牙和葡萄牙的无敌舰队打得惨败，之后，英国商船便在各大洋上横行。

不仅如此，荷兰人这时也插手进来，对西班牙和葡萄牙更是雪上加霜。荷兰人认为，要想打击他们的死敌西班牙和葡萄牙，最好的办法并非在欧洲开战，而是在远东破坏与西班牙、葡萄牙合作的贸易。利玛窦与徐光启翻译《几何原本》的当年，居住在澳门的葡商连遭三次灾难。先是运载一年收益的船，被荷兰人在新加坡海峡俘获，几乎与此同时，一艘满载供应马六甲货物的商船也被截去。这种打击虽距京城遥远，可就在葡商修筑工事进行抵御的过程中，引起了澳门所依赖的香山知县和广州官府的怀疑。

很多人便私下传说，葡萄牙人经常往返澳门和中国内陆之间，他们穿戴着中国服饰，又学会了中国的语言，尤其是那些到处传教的神父，时刻打探着内陆的情况，如今他们在澳门修筑工事，就是打算在某日洗劫广州城，而后攻占中国更多的地方。此消息一经传出，澳门人惊恐万分，不少人携带家眷逃向了内陆，后来还是两广总督站出来，控制住了澳门的葡商，但此消息还是很快就在全国范围内传了开来，京城方面更是沸沸扬扬。

借着这股风，许多人对利玛窦和徐光启翻译的《几何原本》极为不屑，并四处言说对利玛窦极为不利的话语。因而当利玛窦见到神宗皇帝派遣的人来调查时，极为不安，担心若是神宗皇帝也听信了外面的谣言，一下子将他赶回欧洲该如何？以当时的情形，这并不是没有可能的事情。徐光启安慰利玛窦道："先生莫着急，我这就上书皇上。"于是他就在某个夜里草拟了一份奏折，通过太监传送，上报给了神宗皇帝。

徐光启在奏折中向神宗皇帝表明："如今京城内对利玛窦神父议论纷纷，也对臣和利玛窦神父一同译书略有微词，然利玛窦神父自进我中华以来，努力传授贤明教义，并无其他目的。且据臣了解，西洋临近三十余国皆奉行此教，千数百年以至于今，大小相恤，上下相安，路不拾遗，夜不闭关，其久安长治如此。然京城内却常有异声传出，令臣与神父坐卧不宁，今日臣敢以身家性命做担保，倘若皇上信臣，可让臣与利玛窦神父一同翻译完其他算术、农田、水利、医药等书。到那时，若真被判为邪术左道，即行斥逐，臣甘受附同欺罔之罪。"

奏折送出后，徐光启几乎不抱任何希望，可没想到神宗皇帝在接到奏折后，详细阅读了一遍，并在一边批示："知道了。"太监将话传给徐光启和利玛窦的时候，利玛窦很纳闷，问徐光启："神宗皇帝这是什么意思？"徐光启想了想，笑着说道："好事一件啊，说明皇上默默允准了，他只是没有明说罢了。"利玛窦松了一口气，又说："这下可以放心了。"之后，徐光启根据利玛窦的口述，又翻译了《测量法义》《勾股义》等科学著作。

然而时令没过多久，徐光启家里就传来噩耗，其父于某个大雨瓢泼的夜里去世了。其时，徐光启还在利玛窦的住处与利玛窦一同探讨一些专业的数学问题，听到来人的传话后，徐光启如同猛地被谁在头顶打了一棍，身体轻轻地往上飘，他两腿一软就跪在了地上。利玛窦蹲下来搀扶徐光启，安慰他要节哀顺变，却见徐光启抬头时，已是泪眼模糊。来人又说："先生快回，家人都在等你守孝。"徐光启一听，赶紧用衣袖擦去泪水，匆匆向利玛窦道别，就往家里的方向奔去了。徐光启走后，利玛窦是否离开了北京？欲知后事，且详听下回分解。

第八章

≈

奔羊驮蝶

话说徐光启走后不久，便托人给利玛窦捎来消息，言说自己将在近期返还老家为父守孝三年，望利玛窦保重，待他三年守孝结束，回京之后再与利玛窦联系。利玛窦闻讯，还是有些伤感，他站在窄窄的木门口，望着天上飞过的大雁，竟莫名掉下几滴老泪。这些年来，他南南北北，风风雨雨，经历了这么多的人世，如今竟也快五十有五了，二十多年了，他没有回过一次家，家人现在都好吗？利玛窦越想心里越酸，看着飞离的大雁，他不由感慨道："人的一生啊，不过一转念罢了。"

这一晚，利玛窦躺在床上，木木地睁着一双眼睛，看着黑漆漆的屋内，他感到孤寂极了。想当初从印度一同来到中国的传教士，如今竟只剩下了他一个，一想到此，他就不免伤感起来。此后，如果没有什么公事，他便很少再出门，有时候几乎好几日都待在自己的屋子里。那段时间，好友李之藻来得频繁，常常与利玛窦探讨一些科学问题，无形之中倒减少了利玛窦的一些痛苦。话说当初利玛窦初来京城，受到种种刁难，当时李之藻已在京城任官，帮了利玛窦不少忙，为此，他还将自己的欧式日晷送给了李之藻。

两人开始频繁交往起来，李之藻努力向利玛窦请教天文学方面的问题，一段时间后，李之藻就编写了天文学著作《浑盖通宪图说》。编写的过程同徐光启当初翻译《几何原本》一样艰难，不仅要大量查阅资料，还常常挑灯写到天明。某日夜里，利玛窦坐在木桌旁向李之藻口述天文学说，李之藻边听边记，却在某次抬头时，见利玛窦已迷瞪着睡了过去，慌忙将床上的薄毯拿出，披在利玛窦的身上。利玛窦惊醒过来，笑着说："刚才有些困乏呀。"李之藻说："神父此前与光启兄一同翻译了《几何原本》，现又费心为我讲述天文学，让您受累了。"除此之外，李之藻还同利玛窦一起合作编译了数学著作《同文算指》和《圆容较义》。

除了与李之藻编译书籍之外，最让利玛窦劳累的莫过于频繁的拜会和接待，有京城的一些朋友，也有一些从外省赶来京城的熟友，有的人他根本不认识，但来人却说听过他，或读过他的著作，也有朋友介绍来的，他都得一一接待。利玛窦以他娴熟的交谈技巧、温和的性格和博学多才赢得了许多人的敬仰，然而他的身体状况却越来越差，有时甚至感到了死神的来临。

　　利玛窦常常对李之藻感叹："贤弟啊，我已在中国度过了将近二十年，中间没有一次回过欧洲，如今却已累得满头白发，尽显苍老之态，说实话，我时常觉得自己没有多少时日了，你看看我塌陷的双眼，细密的皱纹，我几乎已不敢正面对着镜子了。"李之藻听了利玛窦的话，感到非常伤心，他对利玛窦说道："先生你这是念家了，你我虽非同一国家，却能在中国相遇相识，实乃缘分。而今你又在京城内，编译出如此多的书籍来，这些东西都是后人的宝啊。"利玛窦听闻后，竟失声痛哭起来。

　　明神宗万历三十八年（1610年），李之藻被升任至南京工作，然而就在他走马上任的前夕，突然感到身体不适，脸色变得苍白，额上虚汗不止，浑身没有力气，他扶着墙壁，使了很大的气力才走到床边躺了下来。他想，自己正值壮年，此前也并未患过什么大病，这猛然而来的疼痛究竟是怎么回事呢？疼痛已达到了极点，他难受得龇牙咧嘴，抱住被子缩成了一团。恰在那时，他的家人却全部在杭州住着，身边无一人能照料，他深感绝望。

　　疼痛还在加剧，李之藻大声喊了起来："来人呐，来人呐！"仆人闻声后立即跑了进来，看见难受得不像样子的李之藻，赶忙问道："大人，您这是怎么了？"李之藻转过身，双唇颤抖，眼球通红，憋出了一句话："快去宣武门附近将利玛窦先生请来！"仆人又跑了出去。到利玛窦的住处后，仆人见一人正背身烧火取暖，忙问："利玛窦先生可在？有紧急事情！"

利玛窦转过身来。仆人因平日经常见利玛窦与李之藻在一起讨论学问，早就认得了他，见面前正是利玛窦本人，便说："先生！先生！"由于路上跑得太急，他几乎喘不过气来。利玛窦见状，忙让仆人坐下，缓了片刻后，仆人赶忙说道："先生，我家大人这会儿不知因何原因，突然发起病来，这会正疼痛地在床上打滚，他让我前来请您去看看。"利玛窦听罢，二话没说就扔下手中的柴火，迈着虚弱的步子，急急忙忙地跑了出去。

出门后，外面正下着鹅毛大雪，北风像刀子一样往他身上扎，他一个哆嗦，竟险些摔倒在地上。迎着风雪，他一路咳嗽，一路小跑，仆人紧紧地跟在他身后。那时，多年来的疲劳奔波，已让利玛窦感到身体的虚弱，精力明显没有过去那么旺盛了。但当他听到李之藻患了重病，还是奋不顾身地跑了过去，要知道他这一生来，尽管遇到的官员很多，却终究很少有几个能成为朋友，真正要数起来，也无非李贽、徐光启、李之藻、瞿太素、郭居静等几人罢了。在他过了五十岁的时候，越发感到人世的薄凉，平日里的热闹，到头来，却只剩下了几个单纯的朋友。

约莫是半个钟头之后，利玛窦和仆人才赶到了李之藻的住处，见到李之藻的时候，李之藻已经痛得昏厥了过去。利玛窦忙吩咐仆人烧些热水来，仆人跑出去后，利玛窦将李之藻扶了起来，见李之藻嘴唇发青，脸面隐隐有些走形，他知道这肯定是由于刚才过度疼痛的结果。仆人将热水端过来后，利玛窦用热毛巾给李之藻擦了擦脸，又用勺子给他喂了些热水，李之藻这才缓缓地睁开了眼睛。利玛窦说道："贤弟，这会儿还感觉哪里不舒服？"

李之藻见身边坐着利玛窦，竟流下眼泪来，他说："想在这风雨飘摇之时，竟是神父陪在我的身边，让我心生感动，却不知该如何来报答。"利玛窦说："快别说这些了。"李之藻说："方才猛然感到肚子疼痛，以为自己就要死去了，这会儿肚子还是隐隐有些疼痛。"利玛窦转身对仆人说："快去将郎中请来。"仆人走后，李之藻用微弱的声息说："朝廷命我即刻前往南京上任，这下估计不能按时出发了，看来老天硬要让你我再聚些时日。"

说完后，李之藻笑了笑。利玛窦也跟着笑起来，并说道："老天并非是让你我再聚，而是要让你过完这个冬天再走呀。"两人皆笑起来，只是李之藻的脸色仍旧很难看。他俩说说笑笑，直到郎中赶到李之藻的住处。郎中看了看李之藻的舌苔和眼仁，又给李之藻号了号脉，便撂下一句话："你这是个瘄瘄病，得服药调理一个月，我先给你开上几服药。"李之藻问："大夫是陕西人？"郎中说："正是，关中道的。"李之藻"噢"了一声，郎中开好药后，迈着细碎的步子出了院门。

利玛窦瞪着一双大眼，说："中国医术如此灵验？只看看舌苔就行吗？是不是有些不科学？"李之藻说："先生此言差矣，我在小的时候，也是如此认为，想这中医就是号个脉，东看看，西瞅瞅，谁不会呀？可当我长大后，才亲眼见识到这中医的博大精深，是丝毫不输你那西洋医术的。"利玛窦仍是迷惑，但不再过问。郎中走后，利玛窦和仆人按时给李之藻熬药喂药，病情仍不见好转，反而却加重起来。

李之藻痛苦至极，多次对利玛窦说自己快承受不了了，干脆让他一头撞死在墙上算了。利玛窦吓得脸色铁青，不停地安慰李之藻，让他不要乱想，安心养病。有一次，外面正下大雪，风把窗户吹得直响。屋内的李之藻病入膏肓，他感到自己距离开人世已不远了，便含着眼泪对身边的利玛窦说："神父啊，我看我是活不了几天了，你快快拿来笔纸，我趁现在还有气力，留下遗嘱，他日神父若遇上我的家人，请将遗嘱交给他们，我的后事就有劳先生来操办了。"

利玛窦看着李之藻如此痛苦，心中也实在难受，他想如今既已如此，不如用西药来试试。此前，李之藻因为家中妻妾的原因，虽长期跟随利玛窦学习西学，但并没有加入天主教。于是他就对李之藻说："见你如此痛苦，我作为好友，却帮不上一点忙。"李之藻忙坐起身，打断利玛窦的话，说道："先生连续多日照顾我，怎能无恩于我？"利玛窦拉住李之藻的手说："此前你因有妻小，没有信奉我们天主教义，今日我就请你加入进来，为你洗礼，你看如何？"李之藻满含感激，当即同意了。

利玛窦经过多番考虑，给李之藻起了一个叫"良"的圣名。此后，李之藻患病期间，利玛窦始终陪伴身边，几乎没有离开过。李之藻本以为自己此次病重，肯定极难痊愈，很可能将驾鹤西去。然而一个多月后，竟出现了奇迹，李之藻奇迹般地康复了，这令他自己都感到吃惊。见李之藻完全康复，利玛窦很开心，他先是为李之藻亲手煮了一盘饺子，二人简单吃过之后，利玛窦就回到了自己的住处，那时正值阳春三月。

也许是命运弄人，一回到自己的住处，利玛窦就感到疲惫至极，全身乏力，他睡了整整一天，就在当天的夜里，他真正感受到死神的来临，他的手抖得几乎快要抬不起来，双腿更是感到困乏无力。他知道自己活在世上的时日已不多，无奈自己当初的传教梦想尚未实现，看看身边，如今就剩下他一个老传教士，他突然觉得自己很有必要将过去所有的经历写下来，留给后人，让他们也记得这世间曾有过一个普通的西洋传教士，为自己的理想奋斗过，与现实搏击过，书名就叫《中国札记》吧。

接下来便是连续的熬夜，有时候在夜间，利玛窦几乎都拿不住手中的笔，他转过头，看看窗外那悬在空中的月亮，清清的，明明的，恍然间觉得自己或许上辈子就是一轮弯弯的月牙儿，今日亏了，明日又将满盈了。于是他拼尽全力捏住手中的笔，颤颤抖抖地一行一行继续写了下去。纸张越写越厚，他的身体也愈发虚弱起来，在快结尾的时候，他筋疲力尽地趴在木桌上，迷迷糊糊中，竟做了许多奇怪的梦。

　　有一个梦是这样的：在辽阔无垠的星空里，猛然掉下了一块石头，石头砸在地上，砸出了很深的坑，这坑里渐渐就聚满了雨水。雨水越聚越多，那石头也越长越大，几个月下来，几乎长成了一座高高的大山，山仍在长，连续几年过去，那山顶几乎就要接住了天庭，但总是差了那么一截儿距离，山接着长，接着长，就快要接住天庭了，突然一道流星从山顶滑过，大山猛地断裂开来，直到变成了一堆堆的破石头。

　　还有一个梦是这样的：有一只山羊正在奔跑，背上却落着一只蝴蝶，山羊想甩开蝴蝶，便更加用力奔跑起来，那蝴蝶却死死地贴在山羊的背上，山羊气得仰天咩咩直叫。叫完后，山羊朝着山坡的方向继续跑起来，山羊越跑越快，脊背上都渗出了许多汗珠，却见蝴蝶纹丝不动，山羊再用力，直至飞奔起来。然而就在山坡下溪水流过的地方，蝴蝶突然飞上天空，越飞越高，直至不见了踪影。蝴蝶飞离时，山羊不知为何猛然跪倒在地，窒息而亡。

　　这是利玛窦做的最后一个梦，他永远地睡了过去。这一夜，天边出现了一颗很亮的星星，那星星自出现后，便越升越高，在距月亮不远的地方终于停了下来。从此，每当夜晚降临，那颗星星都会出现在茫茫的星空中，闪烁那么几下。李之藻义无反顾地承担起了利玛窦的后事，在此之前，中国大陆尚未有埋葬外国人的先例，李之藻立即向神宗皇帝上书申请墓地，经过多番努力，神宗皇帝破例允许利玛窦埋在北京的滕公栅栏内。

　　徐光启闻讯回京时，利玛窦已被埋葬，他趴在利玛窦的墓前放声大哭，一旁的李之藻也哭了起来，此情此景，甚是悲凉寂寥。哭毕后，两人一同在利玛窦的墓边栽了一棵柏树，之后便离开了。

　　话说那柏树生命力很是旺盛，没几年就长成了一棵大树，不过后来因战乱，被人拦腰砍断，断痕处流出了一滩清水。柏树并没死，又从断痕处长出了新芽儿，后来那芽儿又长成大树，再后来，大树又被人砍了，柏树仍没死，又从那断痕处生出了新的芽儿来。

尾　声

　　我合上了爷爷的羊皮本子。我感到头脑一片空白,惊讶于爷爷竟能够将一个意大利人的生命轨迹记述得如此详真,也惊讶于爷爷竟能将这样一本破烂的羊皮小卷长期带在身上,我更惊讶于爷爷竟在那个年代里曾狂热地追求基督信仰,并将他的所见所闻所思都工整地手抄在了这个羊皮本子里,这真让我感到不可思议。如今看来,爷爷的信仰就像这个羊皮本子一样,被光阴不断淘洗,在历史的隧道里,渐渐发黄变暗。

　　我将羊皮本子捧在胸前,贴在身上,猛然间,我竟听到了爷爷说话的声音。"爷爷?是你吗?"我问。在暗淡的灯光下,在幽深曲折的黑夜图景中,爷爷渐渐朝我走了过来。到我身边后,他先是笑了笑,又摸了摸我的头,然后拉长音调说:"孩子,你是不是读完了爷爷的那个本子?臭小子,你要知道,为了保存下这个本子,爷爷曾险些连命都搭了进去,你也要知道,除了你之外,再也没有人读过这个本子。"

　　"真的吗?"我禁不住问道。爷爷说:"你父亲都未读过,有次他偷了过去，还没打开就被我发现并臭骂了一顿。孩子，你是幸运的，只是不知你读出了什么?"由于光线太暗，爷爷的身影显得模糊缥缈。我怯生生地说："我也不知道我读出了什么，这会儿头脑特别乱。"爷爷听后，神情失落下来，摆出要走的架势，转身之际，他说："孩子啊，看来你还是需要重读，你并未读出我的意思。"接着便朝着光影模糊的地方走了。

我伸出手去拉爷爷的衣襟，等我站起身，借着灯光朝前一看，却发现面前什么都没有，我不禁难过得失声痛哭起来。我哭得满面泪水，眼前更加恍惚起来，爷爷的幻影再次出现。这一次和之前不同，爷爷穿着破烂的褂子，披头散发，我根本无法看清楚他的脸。爷爷的影子在晃悠悠的烛光里闪烁着，他时而赤脚奔跑，时而驻足大笑，整个人就像发了神经一样，我吓得止住眼泪，在昏暗的光线里呼叫着："爷爷，爷爷!"

爷爷再也没有出现，这令我沮丧至极。我在多次的寻觅无望之后，终于抱着爷爷的羊皮本子躺在了土炕上，连续三天地翻阅，我几乎没有睡觉。其实假若是印刷物的话，我花一天半的时间，完全可以读完了，只是爷爷手写下的那些如今已变模糊的字迹，着实让我费了不少的神。现在全部读完，我才感到了困乏，我将爷爷的羊皮本子放在我的胸口上，并用双手紧紧捂住，没多长时间，我就昏沉沉地睡了过去。

我做了一个怪梦，梦见一幅图。这确实让我感到奇怪，往常做梦，都是带有故事场景的片段，这次的梦却仅仅只有一幅图画。醒过来后，我立即在爷爷的羊皮本子上找了一块空地方，然后按照自己恍恍惚惚的记忆，画了出来。画出来后，我自己也感到惊讶不已，这是一幅什么图？人羊图吗？它预示着什么？是不是爷爷在我的梦中留下的？如果是，那爷爷想表达什么？他显然在图中设下了重重机关，而我又一时间无法找寻到打开机关的钥匙。

我呆呆地望着眼前这幅图画。也不知什么时候，父亲走进了我的房间，在我身后叫了声："儿子。"我那会儿正沉浸在思考当中，被父亲猛地一喊，吓得身上都出满了鸡皮疙瘩。我抱怨着说："你进来的时候怎么不吭一声啊，差点把我的魂儿都吓跑了。"父亲笑笑说："我这不刚开了口嘛。"父亲走上前来，仔细端详着我面前的那幅图说："这是什么呀？怎么长得如此奇怪？人头、羊面、鱼肚、豹身？"

　　"方才我做了个梦，梦见一幅画，然后就画了下来。"我说。父亲问："就是这幅吗？"我说："正是。"父亲又观望了一会儿，然后说："你爷的那个本子看完了？"我说："看完了。""怎么样？"父亲又问。我说："我没有想到我爷能把这个名叫利玛窦的意大利人的一生，记得如此翔实，我真没有想到。"父亲淡淡地说："当年他为了信这个教，差点被你老爷打死。"我好奇地问："爸，我爷那会儿托梦告诉我，说你没有看这个本子，是吗？"

　　父亲说："是的，那时我也年轻，和你年龄差不多，好奇嘛，就悄悄跑进你爷的房子把本子偷了出来，没想到我还没有打开看呢，就被你爷当场捉住，狠狠地打了一顿，后来我就再也没有动过这个本子的心思。""原来如此，那我爷为什么不让你看？"我继续问道。父亲沉思了片刻，说："或许是为我着想吧。"我说："怎么讲？"父亲说："那个年月，信基督教是不可想象的，有可能会送上性命。"我长长地"噢"了一声。

　　"等你看完了你爷的羊皮本子后，把它交给我，我放回你爷的房子去。"父亲说。"我不能带走吗？"我问。父亲斩钉截铁地说："不能，这是你爷的东西。"我装出一副笑脸，父亲并不领情，说道："这个东西，能传下去就传下去，传不下去了，我以后把它烧了。"父亲的话让我不由紧张起来，我说："爸，你难道不想看吗？"父亲摇摇头，说："不看了。"我问："我爷现在不在了，你为什么不能看？"父亲说："时间过了。"我"噢"了一声。

　　将羊皮本子重新放进爷爷的屋子是在一个傍晚，父亲先是点了几根香，分别插在院子、厨房等处，然后又举行了庄重的仪式。他用一块红布将羊皮本子包了起来，双手托在掌心位置，轻轻地放进爷爷遗留下来的木柜子里。做完这一系列的动作后，父亲再次命令我："给你爷磕头！"我和父亲同时跪下来，对着爷爷的遗像重重地磕了三个响头。

　　毕了，父亲站起身，对我说："你爷曾对我说过，这个本子不许给任何人看，因为你是我们祖上唯一的一个研究生，所以才给你破了例，你如今已读过这个羊皮本子，也就知晓了你爷生前所有的秘密，你爷的学问也就算全部传授给了你，希望你带着这些秘密，搞出新的研究来，我相信这也是你爷的渴盼，他若看到这一切，肯定也会非常高兴的。"我没想到父亲会对我说出这样一番话来，连连向父亲点头表示答应。

　　而就在出门的一刻，我突然想起了利玛窦，这个明代的传教士，究竟对我爷有过什么影响呢？这个问题久久地萦绕在我头脑中，让我无法不去想它。我想，这个问题如果能被我带进大学，并进行一番深究，或许是能研究出来一些东西的，从这个意义上，或许我就能够知晓爷爷当初为何会写下这样一本小书。想到这里，我再次激动起来，对父亲说："爸，我想回学校后，仔细把爷爷的这个羊皮本子研究研究，然后写成一篇论文。"

　　父亲转身看着我，问道："可以吗？"我点点头。父亲犹豫了片刻，做出了令我难以忘记的举动。他突然走进爷爷的屋子，重新将木柜子打开，取出爷爷遗留的那个本子，并交到了我的手中，说道："拿去研究吧。"父亲的语气很生硬，几乎听不出任何感情。我惊讶地接过父亲递来的本子，心里想：父亲不是说要把这个本子烧了吗？怎么又给了我？这样一来，他岂不是破了爷爷的遗言。我定定地看着父亲，等待他下面的话。

不料，父亲再没说什么，径直就出了院子。那之后，父亲再也没提过羊皮本子的事情。

很快我的假期结束了，我依依不舍地向父亲和母亲道了别，匆匆地坐上路过我们村的大巴车，转到了西安，又从西安倒火车回到学校。我没有忘记我的承诺，一回到学校，就认真查阅了大量的资料，又将爷爷的羊皮本子重新阅读了几遍。其间，我给家里去了几个电话，母亲说："你爸现在怪了，每天都要进你爷的屋子，不仅要上几根香，还要磕三个响头呢。"听闻母亲的话，电话这头的我陷入了长久的静默中。